由于没有找到可确定的作者遗像，
这里遗憾空缺。

作者简介

陈辉，本名吴盛辉，湖南常德人，1920 年出生，1938 年前后奔赴延安，同时开始诗歌创作，1939 年 5 月到晋察冀敌后抗日根据地，1944 年春牺牲于涞涿平原上的韩村。

陈辉诗选

人民文学出版社

陈　辉/著

图书在版编目（CIP）数据

陈辉诗选/陈辉著.—北京：人民文学出版社，2021
ISBN 978-7-02-017091-3

Ⅰ.①陈… Ⅱ.①陈… Ⅲ.①诗集—中国—现代 Ⅳ.①I226

中国版本图书馆CIP数据核字（2021）第053079号

策划编辑　王　晓
责任编辑　李　宇
装帧设计　刘　静
责任印制　徐　冉

出版发行　人民文学出版社
社　　址　北京市朝内大街166号
邮政编码　100705

印　　刷　北京雅昌艺术印刷有限公司
经　　销　全国新华书店等

字　　数　890千字
开　　本　880毫米×1230毫米　1/32
印　　张　10.875
版　　次　2021年7月北京第1版
印　　次　2021年7月第1次印刷

书　　号　978-7-02-017091-3
定　　价　79.00元

如有印装质量问题，请与本社图书销售中心调换。电话：010-65233595

诗人陈辉遗作一览

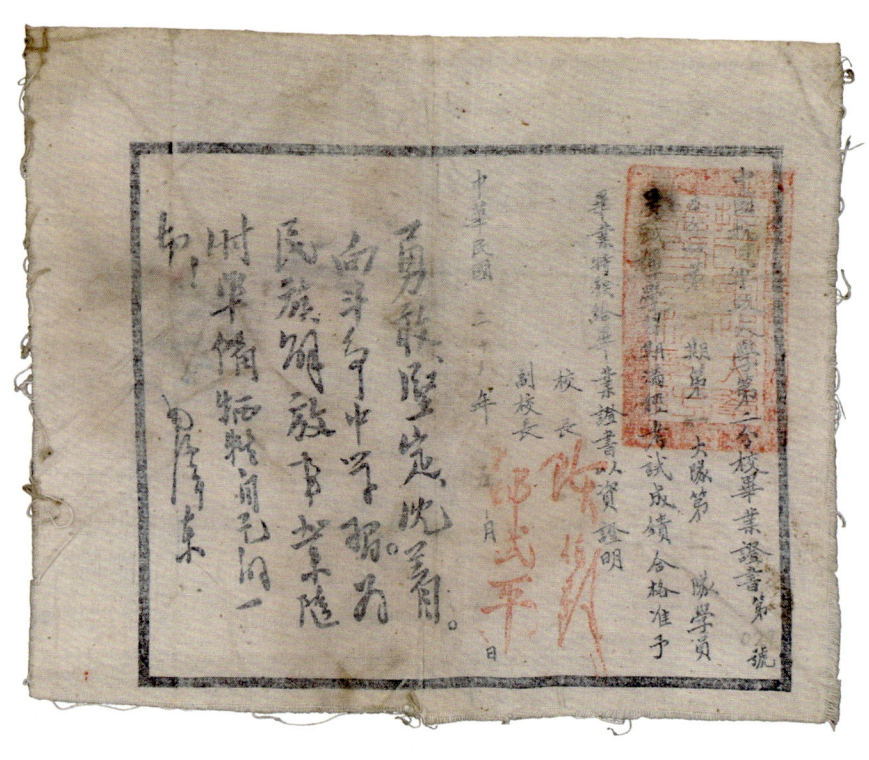

作者于1939年5月毕业于中国抗日军政大学第二分校，这是他当时的毕业证书。

出版说明

本书作者陈辉，原名吴盛辉，他的信仰及追求，展现在他创作的诗歌里：人民就是上帝啊。在反法西斯战争最激烈的时刻，陈辉，战死在靠近北京的村庄里。牺牲时相当年轻。有关他战死的情况，以及其书稿保存下来并得以出版的过程，可以从本书附录二，也曾经在晋察冀生活战斗过的诗人田间，为人民文学出版社1958年出版的《十月的歌》引言中读到。

陈辉写诗的时间并不长，而其诗歌学习和产生的过程，始终伴随着奔突紧张的战斗生活，细心的读者可以从这部书稿中，读出些许从容与匆促的差异，但没有人能够否认其存在的价值。这不单因为陈辉以生命践行了他诗歌所张扬的精神追求，把他的作品还归到那个时代整体的诗歌创作中，也具备了今天出版的基础。

本书的编辑构想，在尽可能完整地展现这样一个舍生忘死的年轻人所处的世界及其精神追求。本书是依照作者遗留下来的诗歌手迹，同时参照人民文学出版社1958年出版的《十月的歌》编辑而成的。恢复并去掉了一些因为时代特殊要求而存在和修改的篇章和语句。因为作品的许多依据来源于七十多年以前的手稿，或者会有些差错，恳请广大读者及时指正。

人民文学出版社编辑部

2021年3月

目次

唯有生命在风暴中灿烂 / 吉狄马加　　1

浅酱色的诗　　1

　　守住我的战斗的岗位　　3
　　十月　　5
　　我有梦了　　7
　　献给母亲　　9
　　他们来了　　11
　　不要提起明天吧　　13

二月　　15

　　过东庄　　17
　　平凡事　　20
　　一个日本兵　　33
　　两兄弟　　35

平原小唱　　43

　　呈给五月的平原　　45
　　吹口哨的人　　49

1

六月谣　　53

　　到柳沱去望望　　56

　　《平原小唱》后记　　58

平原手记　　59

　　姑娘　　61

　　吹箫的　　63

　　宋福庆　　64

　　卖糕　　66

　　回家去吧　　67

　　土地　　68

　　妈妈和孩子　　69

黑夜之歌　　71

　　宽肩膀　　73

　　反扫荡小记　　80

　　拒马河民谣　　84

　　坟场　　87

　　田园的泪　　89

新的伊甸园记 —— 91

献诗 —— 93
为祖国而歌 —— 96
将军 —— 102
葡萄 —— 105
月光曲 —— 110
夏娃和亚当 —— 114
我的红色的小战马 —— 120
铁匠和他的刀子 —— 123
我们的脚步 —— 130

战士诗抄 —— 133

枪要出击了 —— 135
麦草上的梦 —— 139
夜，我们躺在大山岭上 —— 144
母亲 —— 147
红高粱 —— 158

附录一

我的志愿书/陈辉 —— 279

附录二

引言 / 田间 ———— 285
编后记 / 人民文学出版社编辑部 ———— 291

唯有生命在风暴中灿烂
——序《陈辉诗选》

吉狄马加

一个勇敢的战士,同时也是一个诗人,离开我们已经七十七年了,在我们的精神记忆中还会经常浮现出他的身影,在我们的嘴里也会脱口吟诵出这样的诗句:"我／埋怨／我不是一个琴师／／祖国呵／因为／我是属于你的／一个手大脚大的／劳动人民的儿子／／我深深地／深深地／爱你!"有时还会不经意在大脑里呈现他诗歌里这样的情景:"或是／那红色的小花／笑眯眯地／从石缝里站起／我的心啊／它兴奋／有如我的家乡／那苗族的女郎／在明朗的八月之夜／疯狂地跳在一个节拍上。"正是他那些充满了生命质感和斗争激情的诗歌,还有他用自己年轻的生命所最终诠释的对祖国和人民的无比忠诚,一个民族的历史已永远地把他定格在了不朽的二十四岁,这个人不是别人,就是我们杰出的战士诗人陈辉。二十世纪是一个革命与战争的世纪,其最深刻的影响是共产主义对资本主义的挑战,而由此产生的波及了大半个地球旨在争取民族解放、国家独立和人民自由的社会革命,也催生造就了一大批具有共产主义信仰和社会主义理想的革命者。在二十世纪上半叶的中国也因为马克思主义在中国的传播,使一大批怀揣革命理想、力求改变现实和民族悲惨命运的青年,义无反顾地投入到了轰轰烈烈的反对殖民主义、反对外来侵略以及去建设一个真正理想社会的斗争中。那时候延安作为革命的圣地，就吸引了千千万万的年轻人，我们的战士诗人陈辉正是在那里得到了精神的洗礼，把献身于民族解放事业作为了自己首要的选择，同时也在宝塔辉映的延河边开启了作为一个诗人的生命之旅。从1938年奔赴延安，到1944年在晋察冀敌后抗日根据地牺牲，陈辉都忠诚地践行了一个共产党人随时献身于党和人民伟大事业的誓言，同时作为一个把战斗和写作高度集合于一身并具有崇高诗歌美学精神追求的诗人，他同样在现代中国诗歌史上留下了动人心魄的经典诗歌。我坚信随着历史和时间往后推移，陈辉诗歌无论在其精神品质和艺术上的独特成就和价值，将会得到诗歌史家以及一代代读者更高的评价，因为这些闪耀着生命光辉和时代精神的作品，不仅仅是我们民族心灵记忆的组成部分，当然它也是中国百年新诗历史上绝不应以任何理由所忽略的上乘之作，如果在这个问题上有相反结论，那无疑是对我们民族的历史和诗歌美学原则的亵渎和极大不敬。需要说明的是我在这里强调的是一个诗人整体的写作，是他作为战士和诗人置身于残酷的对敌斗争中用血与火的语言对时代所作出的回应，这不是所有的诗人都能做到的，更重要的是这是真正意义上的诗歌，而不是正确的口号和枯燥的概念，从这个角度来看陈辉为我们后来的诗人从这两方面都树立了榜样。

陈辉真正投入诗歌创作的时间并不长，也就是短暂的五六年时间，但毫无疑问他是具有极大的诗歌天赋的，他最早的诗作就如同所有的年轻诗人那样，在艺术上存在着比较稚嫩和浅显的地方，但不可否认他对语言的敏感和诗歌的抒情才能，就是在那些习作中也显现出了其天才的端倪。在中外诗歌史上不乏有这样一种诗人，他们在十分年轻的时候就写出了很重要的作品，有的甚至是一生中最具有影响力的扛鼎之作。当然，这其中有的诗人就是在最美好的年龄，遭遇到了生命中的不测以及厄运的打击，过早地离开了人世，英国浪漫主义诗人约翰·济慈就只活了二十五岁，但他被后世广泛传诵的《夜莺颂》《恩狄芒》都是在这个青春期完成的。二十世纪的革命诗人中，有两位与陈辉的经历非常相似，一位是保加利亚诗人尼古拉·瓦普察洛夫，1933年他加入保加利亚共产党，"二战"爆发后因反对法西斯侵略者，三十二岁死于行刑队罪恶的子弹，另一位是西班牙诗人米格尔·埃尔南德斯，1936年他加入西班牙共产党并亲临前线，参加了保卫共和国的战斗，1942年被佛朗哥政权迫害致死于狱中，年仅三十一岁。值得我们纪念和赞叹的是，他们都是才华横溢并以战士和诗人形象，在全人类世界性的反法西斯主义进步文学的丰碑上留下了不可磨灭的痕迹。我想今天的诗人还应从他们身上学到更多的东西，一是他们都没有回避发生着历史性巨变的时代，都勇敢地站在了迎接风暴的最前沿，而他们的诗歌不仅与他们所从事的革命事业血肉般地联系在了一起，更让我们敬佩的是这些如同被火焰点燃的诗句，都毫无例外地来自于洋溢着热爱一切美好生命的高尚灵魂，毋庸置疑在这些诗歌中我们可以轻松地找到，诗人的个人经验与更广阔的历史和现实空间的契合。也因此我想到了一个经常被提问者问到的问题，那就是何为大小诗人的区别，其实在今天这个问题的答案已经变得十分清楚，那就是当把一个诗人还原到他的时代，他的作品不仅仍然能回荡出那个时代最本质的旋律，同时其作品还能在后世继续在时间的深处闪耀着恒久的光芒。我想时间和人民已经告诉了我们，他们都是无愧于能被称为代表他们时代的诗人。

《十月的歌》1958年由人民文学出版社首印时，前辈诗人田间曾为诗集写了一篇真挚的引言，现在算起来也有六十三年的时间了。可能是诗人之间心灵的感应和认同，我和作为诗人的前辈田间都由衷地欣赏陈辉的这段话："我要给诗以火星一样的句子，大风暴一样的声音，炸弹炸裂的旋律，火辣辣的情感，粗壮的节拍，为了更好地为世界，而斗争着的世界而歌！"这是马雅可夫斯基对世界和诗歌的方式，当然同样是一个以社会革命为理想的诗人所追求的艺术原则。今年正值中国共产党成立一百周年，人民文学出版社重印此书，其现实和历史意义都将是极为深远的，有什么能比将一位共产党战士诗人的作品重印出版作为最珍贵的礼物，来献给他的母亲我们伟大的党更有价值和分量呢？是为序。

2021年3月8日于北京

浅酱色的诗

守住我的战斗的岗位_____3
十月_____5
我有梦了_____7
献给母亲_____9
他们来了_____11
不要提起明天吧_____13

守住我的战斗的岗位

月光下
我紧握着枪
守住我的
战斗的岗位

（看
月光下的
　　　田野
　　　　山峦
听
嘶叫着的延水）

月夜
太美丽了哟
（倚在墙角）
我
想起了家
想起了
故乡的月光
月光下的城墙

也许母亲
（独个儿）
坐在门旁
在叹息

……一群乳燕

南方

北方

飞到哪里去了呢

拭干吧

母亲

泪是无用的……

月光下

烈焰在我心里

    燃烧

延水

像一条闪光的带子

在远方

   吼叫

我握着枪

守着我的

战斗的岗位

★ 1938年11月10日,写于延安柳树店

十月

十月
劳动者的
　火把
　　刀枪
　　　铁锤
奔向
　莫斯科
　　彼得堡
　　　克伦斯基
腐败的宫廷

十月
奔走
　战斗
　　歌唱
一群吸血鬼
在反抗的火焰里
　　　死亡

十月
劳动者树起
　红的旗帜
抬起了头
　自由地呼吸

十月

旧世界唱着

垂死的哀歌

红色的光

闪耀在露西亚的草原上

十月——胜利

十月——光明

十月——歌声

十月的人民

咆哮着

向着法西斯蒂

向着暗夜

向着匪帮……

★ 1938年11月7日，写于瓦市

我有梦了

昨夜
我有梦了

月亮
挂在树梢上
星星
在天空跳荡
朦胧里
我回到了故乡

五月的湘江
吻着太阳
还是那间
灼热的楼房
小床上
躺着
我心底的女郎
我不敢
吻着她的红唇
让歌声在我们身边
飘荡……

她
黑夜一样深的眼里
闪着

比黑夜还深的爱情
和微笑

她告诉我
我生活
我战斗
别后呀,很好

★ 1939年1月6日,山西旅途之夜

献给母亲

四月的
　晚上
我醒来了……

明亮的房里呵
窗子上
洒满了月光……

用瘦弱的手
按着
我
年轻的胸膛

悠悠地
我记起
哦，我是一个
祖国的孩子

（生长在南方
阴暗的角落里
现在却躺在
北方的山沟里
而明天
就要到战场上
交出我的年轻的血液）

远方

有风沙

掠过树林

我的年轻的血呵

它呼喊着

辉呵

勇敢地

献给——祖国

献给——母亲

★ 1939年4月29日，写于病中

他们来了

他们来了……

红的
黄的
大大小小的红旗
拿在他们手里

他们来了……

穿着长衫
披着羊皮
老的
小的
和我们站在一起

他们来了……

他们昂着头
瞧着我们
瞪瞪
红的眼睛
黑的眼睛

你听他们喊着
"欢迎抗战大学生"

我们笑了

他们也笑了

在那兴奋的笑声里

我们拥抱……

★ 1939年4月29日改作

不要提起明天吧

不要提起明天吧
明天,也许突然
走向遥远的道路
分开了手
永远别离了呀……

不要提起明天吧
只要有这一轮月光
有这一片月下的河沙
有这宝贵的一分钟
可以躺一会儿呀

用力地唱呀
在这辽远的暗夜里
唱吧,用别人的字句
唱出暗夜里孩子的
心底的抑郁吧

呵呵,多躺一会吧
我们会发狂的
发狂就发狂吧
可是一定不要提起明天呀

二 月

过东庄　　　17
平凡事　　　20
一个日本兵　　　33
两兄弟　　　35

过东庄

回来了哟

东庄

回来了哟

我的第二个

年轻的故乡

还记得吧

我

是一个孩子

随着七月的风暴

来自祖国的南方

我呵

曾在你的身边

眺望着北方的山岗

曾在你的身边

倾听着脂胭河的歌唱

该斑驳了吧

那矗立在阳光下的泥墙

那曾经写过我的

仇恨的言语

曾经贴过我的

浅酱色诗句的

古老的泥墙

该更苍老了吧

你，挑着菜担
背着锄头的老乡
曾经用灼热的手
抚摸过我病患的头
也曾和我在月光下
谈起自由而胜利的红色的露西亚的禾场
你倚在门前的老乡啊

你
还记得我吧
春天的傍晚里
在溪畔洗过我的衣裳的
年轻的姑娘
你应当记得
我这个南方人
曾经告诉过你
在南方
年轻的姑娘
把敌人的头
抛入了扬子江
在一个没有星星的晚上

回来了哟
东庄
回来了哟

故乡

今天,我像一个流浪人
(挑着自己的歌
踩过北方的沙砾)
不敢留心看你
那被敌人烧毁了的茅屋
那被敌人踏过了的黄土
我怕这颗愤怒的心
跳出我的胸膛

我沉思着
这年头的苦难
沉思着
总有那么一天
把中国的灾难走完……
风呀
在窗外叫响

黄昏
又张开了
黑色的胸膛

★ 1940年2月13日夜,写于浑源蔡沟

平凡事

一

这不是
一件了不起的事
也不是
一首骇人的诗

真的
很平凡
就像一颗沙粒
躺在我们的晋察冀

和托村
一个小小的村庄
十几家人家
摆在灵丘的东南角上

没有杏花
也没有桃李
我们晋察冀的村子
大都是这样的

山上
出产的是沙砾、石头
河边,也不过

养种一点小米、高粱和大豆

去年冬天
日本人也来过
杀了两个人
打破十口锅
临走时
还撒了一把火

村前的水
永远不会留停
人民的心里哟
也将永远记着
这血，这火，这仇恨……

二

正月交了春
雁北呵
还是
冰一样的
寒冷

一个晚上
和托村

开始引起了骚动
农会主任从区上回来了
说是要选举什么委员
还要选举村长

小王
青抗先的队长
听着
像着了火
不住地搓着手
点着脑壳

妇救会的张玉兰
悄悄地说
"咱们女人
也不能落后"

老头子李四
摆着大胡子
把王三叫到一边
怪神气地说着

——嘿,那天
我到了下关
听别人说什么

"大资产阶级
有妥协危险！"

他们不抗日
咱们还是要抗下去
这年头
不是前清
咱们老百姓
要自己管自己的事情

三

村选
像火粒
灼燃在每一人的心里

村选
像阳光
挂在每一张嘴上

老年人
拭着眼睛
惊诧着
年轻的时候
可没有这事情……

年轻的
抖着精神
鼓着一身劲
计划着
这一回
可要选一个好村长

顶着急的
是张玉兰
黄昏时候
还坐在河边
心里
不住地在打算
——咱们女人
也要和男子一样
当当村长

赵四嫂子
还可以
就是年纪大一点
林三老婆么
也不很沾

倒是菊芬

当过妇救会主任

抗日么

积极得很

脾气很好

办事顶公道

嘿，就是前年

老陆那家伙

不让她送公粮

气得她，打了他一巴掌……

四

菊芬

妇救会主任

很能干

很年轻

——廿多岁的一个女人

圆圆的脸

红红的嘴唇

长睫毛

不很爱笑

男人

当兵去啦
那是在去年
聂司令员
正号召边区的子弟
保卫太行山

夏天的早上
高粱发散着芬芳
她
送他到田里
只说了一句话
"好好地去打仗吧!"

回来的路上
她好像
变得更有劲
变得更年轻
不久,她被选为妇救会主任

她不寂寞
寂寞的时候
她就颤颤地唱起歌
"我送郎君呵
打日本……"

妇救会
是她的家
她懂得
"打败了日本
才能安身呀……"

五

选举的那几天
农会主任顶忙
一会儿开会
一会儿演讲
像一颗大星星
照亮了村庄
听说他的表弟病了
他
好像不知道这回事情
只捎了一个信
——我没有来看你
我忙得很……

他像牵着一根缰绳
牵引着
群众的心
他老是

咬着嘴唇
在群众中打着转

他心里
清楚得很
放不进一点灰尘
他知道
哪一个是好会员
哪一个在扮着鬼脸

小何
是一个流氓
嘴里乱嚷
倒没有什么了不起
只有刘黑
那家伙
顽得固固儿的
开会的时候
应当给他一个打击

他想起菊芬
就像想起了阳光
在他的心里
上升
下降

"这一回
咱们要选举一个女村长!"

六

选举的那一天早上
人们捆束般地
拥挤在
泛着阳光的
蓝色的禾场上

刘二狗的老婆
抱着孩子
也挤进了人群
一面还骂着她男人
"狗日的灰鬼
抽大烟
就得剥了你的选举权……"
泪痕
还残留在眼角边

小孩子
围在人群四周
哼着兴奋的调腔

人群里

流溢着兴奋

像有一股力量

在人心里生长

在人群里

她的心

开始激荡……

她

听到人们

呼喊着

呼喊着她的名字呀

她

有一点害羞

躲在人们的背后

人们呵

骚乱着

火苗般地

举了她的手……

她

红着脸

含着蔷薇似的笑

在人们面前

站起来了
"我
一个女人家
办不好事情
大家
要帮助我
……打日本！……"

七

张玉兰
浴在快乐的浪潮里面
笑得像春天
搭着菊芬的肩膀
走到区妇救主任面前

区妇救主任
闪着光辉的眼睛
菊芬告诉她：

——替我
捎个信吧
给宋主任
不是边区政府
咱们女人

怎么能够打日本……

捎个信
给毛主席吧
我们和托村
愿意跟着他
永远不投降

太阳
平静得很
吻着
晋察冀的山庄
吻在
我们女村长
玫瑰似的面庞上

★ 1940年2月21日，写于中庄
28日重写于三将台

一个日本兵

一个日本兵
死在晋察冀的土地上

他的眼角
凝结着紫色的血液的眼角
凝结着泪水
凝结着悲伤

他的手
无力地
按捺着
鼓动着年轻的血轮的
年轻的胸膛

两个农民
背着锄头
走过来
把他埋在北中国的山岗上
让异邦的黄土
慰吻着他那农民的黄色的脸庞
中国的雪啊
飘落在他的墓旁

在这寂寞的晚上
在他那辽远的故乡

有一个年老的妇人

垂着稀疏的白发

在怀念着她那

  远方战野上的儿郎……

★ 1940年2月12日夜写

两兄弟

一

风雪掩盖了这条山沟
白茫茫的雪花呀
埋葬了这个村子
也埋葬了村头
那条有几株白杨的道路

这是除夕的黄昏
村前走来了一个行人
他冻得嘘着白气
战栗地
把手插在袖笼里

有一阵风吹过树林
把秃枝上的积雪吹起
这个人来到村边
拍一拍披满雪片的
那件破旧了的棉衣

二

这个村子
叫做红草坡
村子前面

流着一条银色的红草河

村子很平静
没有一点事情
躲在这条山沟里面
像一个很小的斑点

村里有两个兄弟
哥哥张义
有着大风沙样的个性
是一个充满了土地气息的农民

弟弟张顺
生下来就是个地痞
爱赌钱爱抽大烟
（他失了踪
在五月的一个夜晚）

听说
听说他进了城
他当了汉奸
…………

哥哥
当着农会主任

像编织太阳的光线
他组织村里的人民

他才从区农会回来
一步一步地到了村边
咬了咬嘴唇
接着,他走进沉思里
他想起了一个很重要的问题

三

夜
流过村子
带来了星光
风雪已经停止了
白色的土地,广阔得像一片海洋

张义正吃着掺糠的莜面
计划着明年春天
怎样让庄稼
在田里生满……

突然
有人在敲门
他想

找他的一定是工会主任

进来的这个人
戴着一顶皮帽
披着一件皮衣
…………

四

张顺
大摇大摆地
走进了张义的家里

"哥哥，你好么
听说村里穷得很呢
村前那一行榆树
都剥光了皮
只剩几根枝丫
站在风吹的雪野里……"
他
拍了拍皮衣上的雪花
在炕沿坐下

张义
摇了摇头

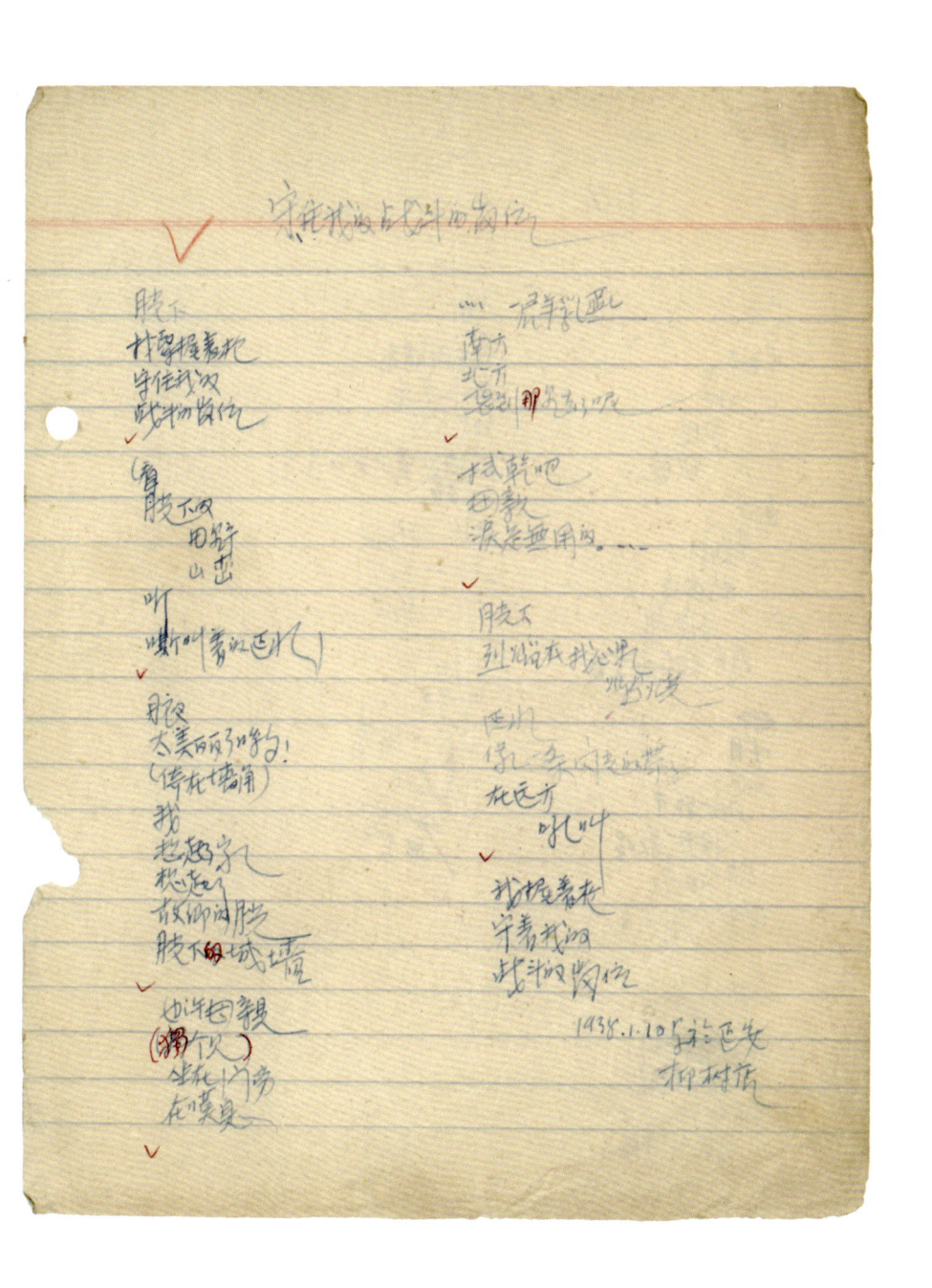

守住我的战斗的岗位

朋友
让我提着枪
守住我
战斗的岗位

（看
朋友不及
田野
山

听
断叫着说匹风

月夜
太美丽而引诱！
（停在墙角）
我
想起乳汁
想起了
故乡的田野
胸下的城墙

也许回头复
那下人
生死门旁
在嘆息

………尾声乱匹
南方
北方
走到那里都这么吼

找戟吧
田教
泪足无用的……

朋友
别叫我我心乱
……要去打仗

匹风
像一条风走过来

在远方
吼叫

我握着枪
守着我
战斗的岗位

1938.1.10写于匡苍
柳树店

《守住我的战斗的岗位》手迹

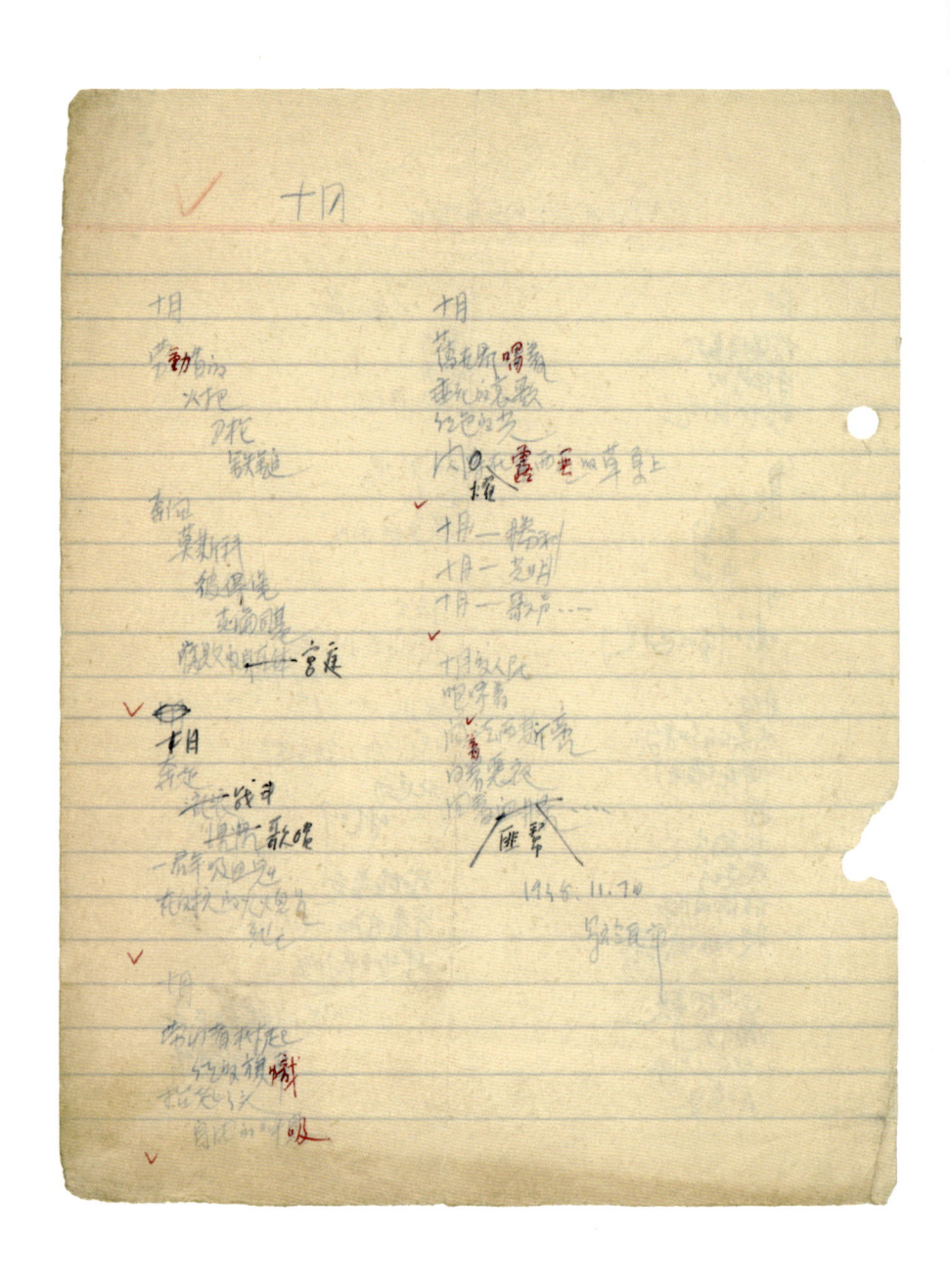

✓ 十月

十月　　　　　　　十月
劳动的　　　　　篝火那唱着
火把　　　　　　歌沉的意歌
烈花　　　　　　红色的花
欢腾　　　　　　肉●搶[云而至你草身上]

新生　　　　　✓十月——胜利
浪动的树　　　　十月——光明
鸽鸣遠　　　　　十月——歌声……
蓝涌頭
唐歌的千万宫庭　十月放人民
　　　　　　　　呵守着
✓十月　　　　　　底爲云而斯菜
奔忙　　　　　　归舊兔衣
泥泞战斗　　　　好羞光……
埋欲歌唱　　　　　　匪翟
一齐年见日出　　　　1946.11.7日
在阳扶的党旗　　　写治须草
　　我七

✓十月
唁的香水气把
红皮襖啾
世徒ℓ々头
家延的呼吸
✓

献给母亲 ✓

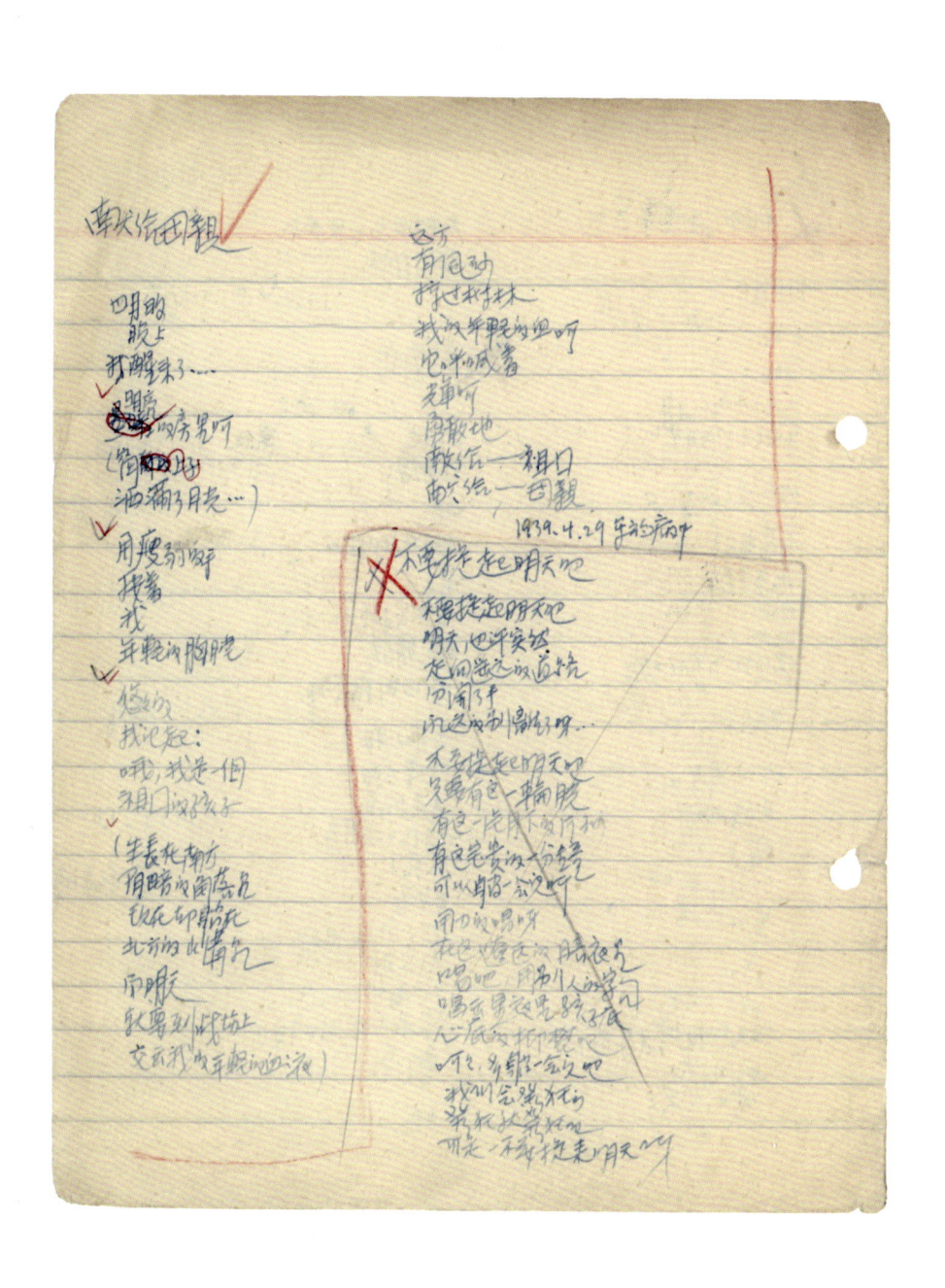

明明
脸上
打皱来了……
明
✗ 的房子呵
（街口
洒满了月光……）

用瘦削的呀
我爱
求
年轻的胸膛

悠悠
我忘记：
哦，我是一个
祖国的孩子

（生长在南方
有晴的阁楼里
现在却躺在
北方的炕席
向明星
敢举起一把上
交还我的年轻的血液）

远方
有风动
扶过树林
我的年轻的坦呵
也似半的威胁
爱情呵
痛敢地
献给——祖国
献给——母亲
                1939.4.29年的病房中

✗ 不要提起明天吧

不要提起明天吧
明天吧汗实验
足间卷泛成直坑
河阔了中
所送的到剧后了吧……

不要提起明天吧
只要有一幅脸
有一花月下的小手
有一毛贵涉入冷念
可以身靠一会这个
用力地唱呀
我也唱在这时夜里
唱吧 别别人的学习
喝叶果饼鬼轻长衣
心底收拾行装
呵，靠靠一会这吧
我们念就该的
诶扰攸荣出
明星一下不要提起明天吧

《献给母亲》《不要提起明天吧》手迹

过东庄

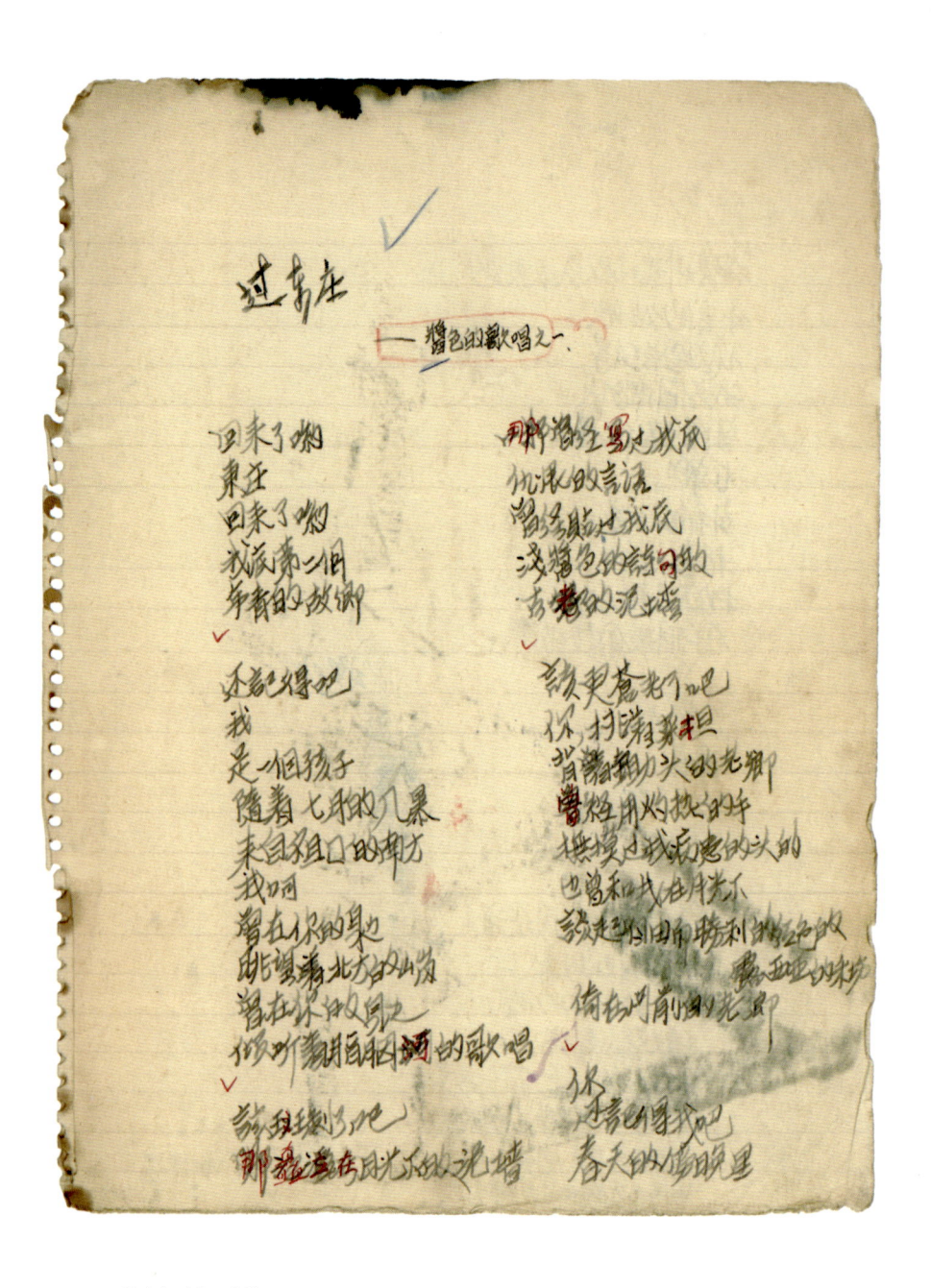

——褐色的歌唱之一

回来了哟　　　　　　　用你增生写过我底
东庄　　　　　　　　　忧郁的言语
回来了哟　　　　　　　沿着爬过我底
我底第二个　　　　　　浅褐色的诗句的
年青的故乡　　　　　　苍老的泥墙

还记得吧　　　　　　　该更苍老了吧
我　　　　　　　　　　你，扫过篱笆
是一个孩子　　　　　　背着燃如火的花朵
随着七月的风暴　　　　曾经用灼热的手
来自粗口的朝方　　　　抚摸过我底恶的头的
我啊　　　　　　　　　也曾和我在月下
曾在你的柴地　　　　　鼓起过自由的胜利的红色的
眺望着北方的山岭
曾在你的园地　　　　　倚在门前的老娘
倾听着月亮和风的歌唱
　　　　　　　　　　　你
　　　　　　　　　　　还记得我吧
该相聚吧
那静卧在月光下的泥墙　春天的修明里

《过东庄》手迹一

在美好时光过我底衣裳的
年青的姑娘
你还当记得
我这个闯祸人
曾经吉诉[告诉]过你
在帮北[那天]
年青的姑娘
把敌人的头
抛入了扬子江
在一个没有星光的晚上

晚上

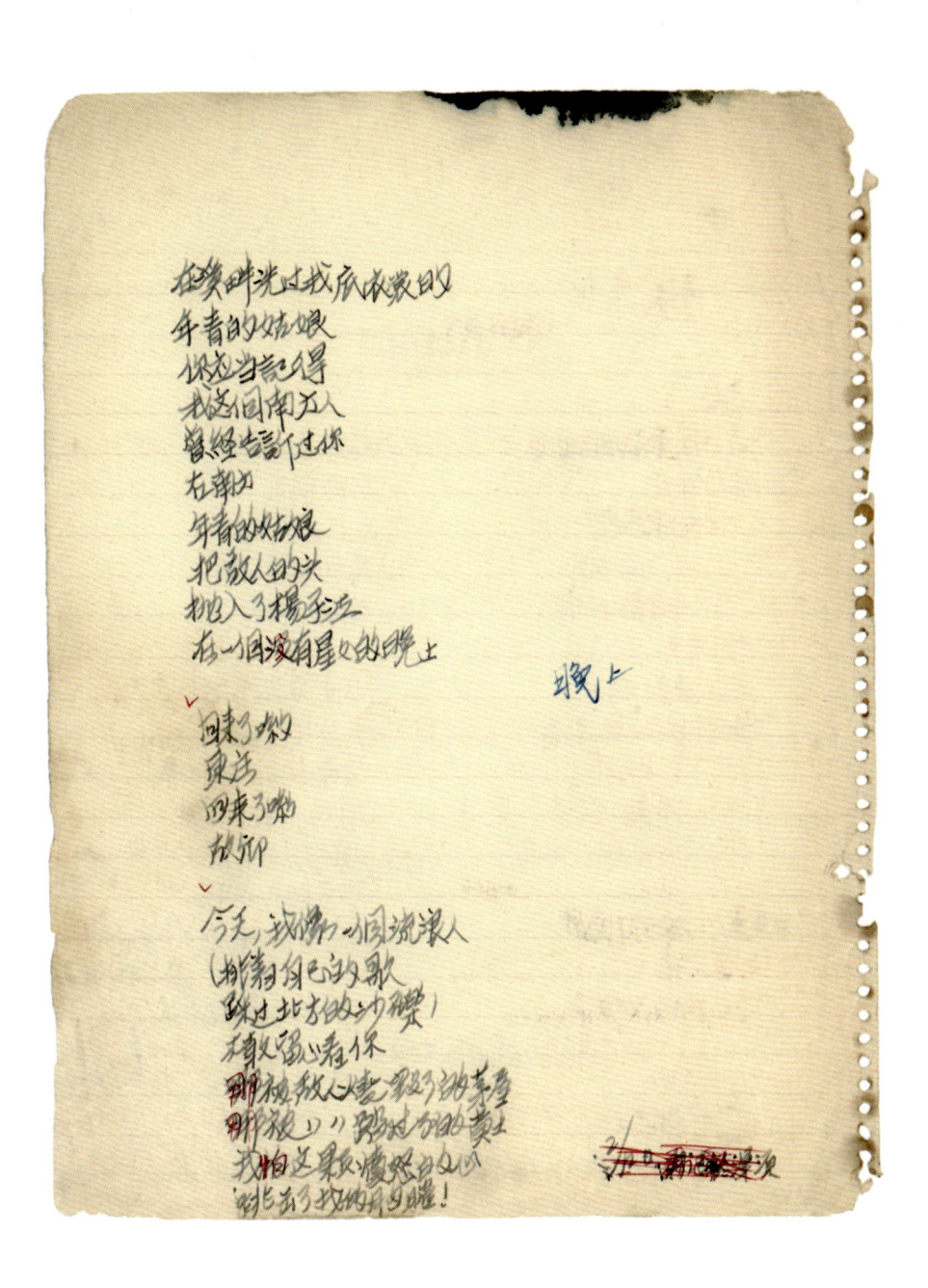

回来了哟
东庄
回来了哟
故乡

今天,我仿佛一个流浪人
唱着自己的歌
跨过北方的沙漠
不敢强心看你
那被敌人毁坏了的茅屋
那被……踢过的黄土
我怕这是眼泪染白了的
挑去了我的目睛!

《过东庄》手迹二

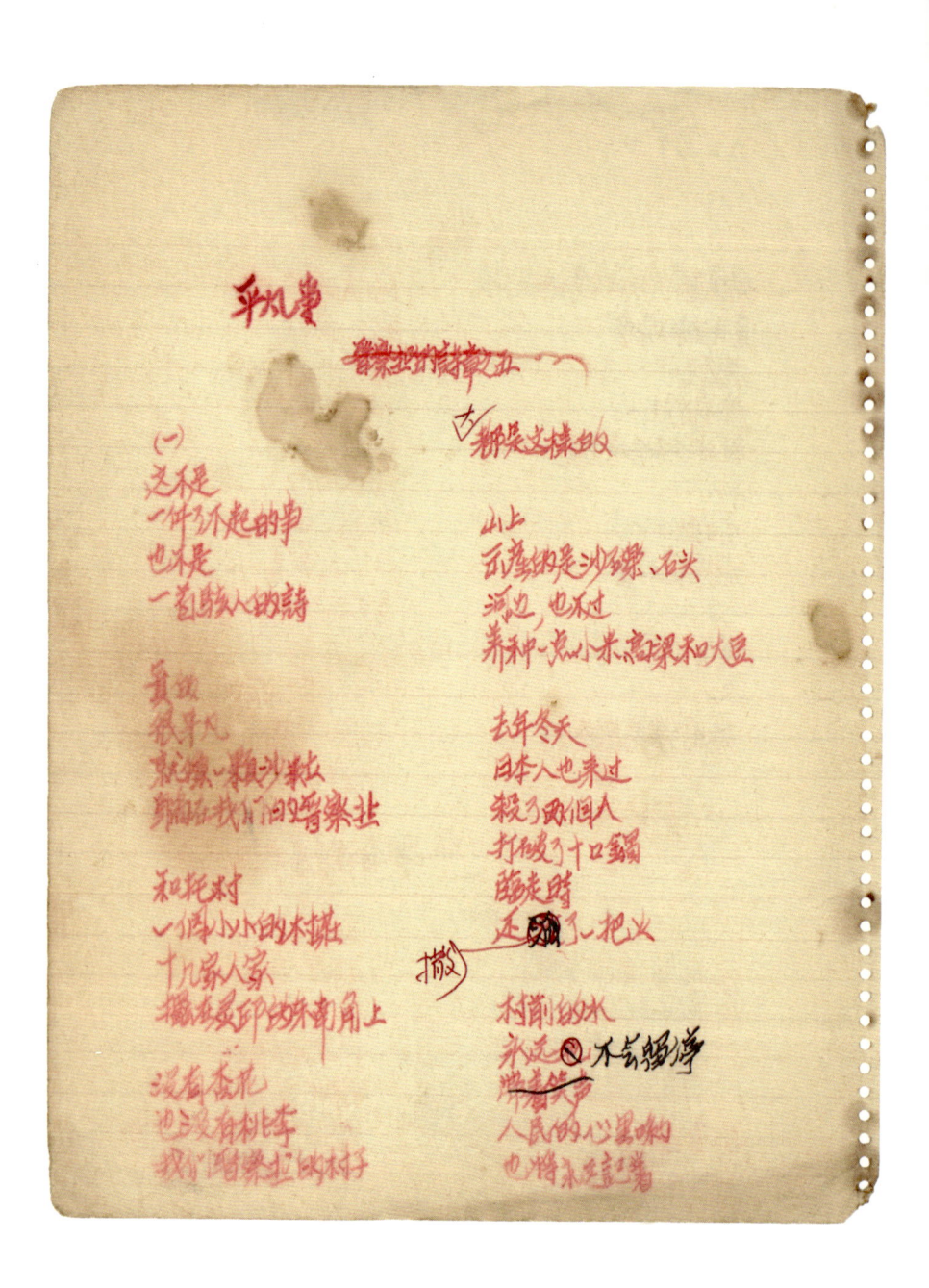

平凡事

~~普采地的诗草文五~~

古 都是这样的

(一)
这不是
一件了不起的事
也不是
一首骇人的诗

山上
耍弄的是沙砾、石头
河边，也不过
荞麦、一点小米、高粱和大豆

贫瘠
很平凡
就像一堆沙粒
那就是我们的晋察冀

去年冬天
日本人也来过
杀了政个人
打破了十口金罐
临走时
还烧了一把火

和托村
一个小小的村拢
十几家人家
撒在交邱的东南角上

村前的水
永远 ⊙ 不会骚扰
带着笑
人民的心里啊
也将永远记着

没有杏花
也没有桃李
我们喜爱这村子

《平凡事》手迹一

这血、这火、这仇恨……

（二）
虽然春
雁北呵
还是
冰一样的
寒冷

一个晚上
村口枇树
刚开始引起了画动
农会主任从区上回来了
说是要选举什么委员
还要选举村长

小王
青抗先的队长
吼着
喉着
不住地搂着
踢着腿老

妇女会的张玉兰
悄悄地说
咱们女人
如不能落后

老夫子李四
捋着人胡子
把玉三叫到一边
怪亲热地说着

——嘿，那天
我叫你不去
听别人说什么
大选举哇什么
农会啊危险……

他们不抗日
咱们不是要抗日
这年头
不走⊙
咱们人的事
要自己管自己的事情！

《平凡事》手迹二

一个日本兵

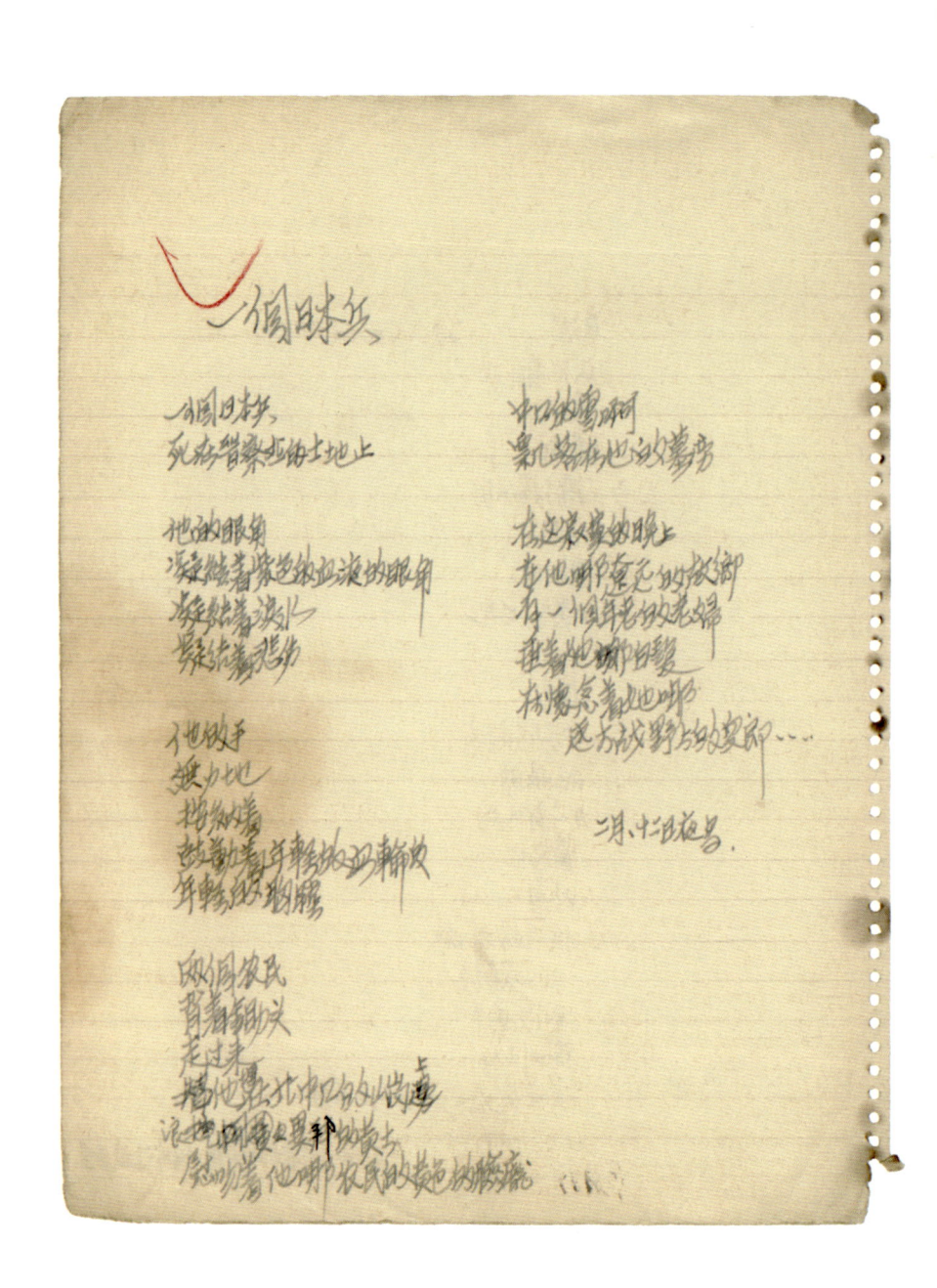

一个日本兵，
死于曾经蹂躏过的土地上

他的眼睛
没虑虑着紫色的泥浆的眼角
没虑流着泪水
没虑流着悲哀

他的双手
无力地
抚摸着
抚摸着年轻妈妈的脸颊
年轻妈妈的胸膛

四个农民，
背着锄头
走过来
望着他在枯草中的尸体
流也回望着异乡的黄昏
怜悯着他们农民的紫色的胸膛

中国的乌鸦呵
栖落在他的尸体旁

在这寂寞的晚上
在他那陌生的故乡
有一个年老的老妇
抚摸着她的白发
焦急地念着她那
远方战场上的儿郎……

二月十二日夜写

《一个日本兵》手迹

眼睛里爆出了火星
但他却故意和张顺温存

"我还好
只是经常想起了你
你为什么不来看我呢
你从哪里来的"

"啊,我么
在皇军的清乡队里
当小队长
一个月
十几块白洋……"

五

张义
茫茫然然地
站在那里……

他想起了自己
在这样寒冷的夜间
还没有一床棉被

他想起了自己

没有一点地
成天饿着肚皮

他想起了抗战
想起了相持阶段
想起了区农会主任
和区农会主任的那张有胡子的脸……

一大卷钱
抛在桌上
可是,有一只手却
抓住了张顺的胸脯

两兄弟
厮打着
消失在那黑海似的村口……

旷野静得很
那白杨树的大道上
有一只没有尾巴的野狗在彷徨……

六

第二天早上

张顺死了

寂寞地躺在白桦林边

紫酱色的血滴

凝结在雪地里

拉得很远……

张义

他很平静

他走了……沿着大路走去……

他走了……枝头的雪花坠到他的脸上

他的脸上有一条很深的创伤

他走了……他要到区公所去……

报告他怎样把他的弟弟打死在祖先的坟旁

★ 1940年2月22日，构思于中庄

  1940年3月18日，写好于三将台

平原小唱

呈给五月的平原_____45

吹口哨的人_____49

六月谣_____53

到柳沱去望望_____56

《平原小唱》后记_____58

呈给五月的平原

五月的风呀
你，你要把我吹到哪儿去啦
五月的风呀
这么快，我就到了平原呀

你看
我站在这里
摇摇晃晃地
哦，为什么
我的眼这么花
我的头这么重呀

哦，哦，我回到了平原
回到了我的家哪
你看，那没有边际的田野
你看，那黄色的浪涛呀
波动着
不知流到哪儿去啦

这不是我的家吗
你看杨花飘落在村头
杏花也红透了大路
你看，你看
平原上的人民
都笑得咧开了嘴巴

平原上的爸爸
平原上的弟弟
平原上的姐姐
平原上的妈妈
我真想抱一抱你们
亲一亲你们呀

真的,我想亲一亲你们
亲一亲妈妈的嘴唇
亲一亲姐姐的眼睛
亲一亲爸爸的衣裳
亲一亲弟弟的手掌
就是村前那一口古井
窗外那一根紫色的葡萄藤
我也想问问他们呀
问问他们
哦,他们……他们好吧

两年了
你们含着泪战斗
你们笑着脸响枪
这广漠而沃饶的土地里
有着
你们的血泪哟

哦！哦！五月的风呀

不要再吹了吧

我已经到了平原

回到了我的家呀

你看，我走在大队人马的身旁

你看，我采了一朵花

你看，我背着这支枪

歪歪倒倒地

走在大路上

五月的森林呵

向着我

向着我们

散发着树脂的芳香

哦，哦，五月的风呀

不要再吹了吧

你不能静静地让我听听

这平原的颤动的音响吗

不要再吹了

让我和五月的平原好好地谈谈吧

我说……我说……

我说……平原，我的妈妈啊……

你这广大而沃饶的祖先的土地啊

拿我的活血来润湿你……好么？……

★　1940年4月1日，写于唐县鲁钢河

吹口哨的人

他是一个农民
乡村是他爸爸
土地就是他母亲

像一株紫色的石榴
谁也没有他倔强
谁也没有他年轻

他那平原似的灵魂谁也摸不到
他不好说，也不爱笑
静默好像和他结成友好
他爱看天边的一线白云
他说白云下是他的故土
白云下有他的母亲

有时当他疲倦了
他一个人就吹起口哨
于是，你可听见他的心声

口哨的声音急促得很
一下子哨声又变得轻轻
像芦笛钻入了你的心灵

口哨里有泥土的芳香
那是他想起南方

想起了生他的地方

口哨声忽然短促
好像咽哽在喉
呵，他一定想起了童年的痛楚

口哨声又转得低微
好像夜行人在古墓边徘徊
简直叫人滴下泪水
这些他并不常吹
他的口哨常常高亢
孩子听见也想去拿起刀枪

他说："我们这个抗战的时代
青年人不应当有悲哀"
从他的哨声里可以挤出热血来

他的哨声一声又一声
吹奏在晋察冀的乡村
呵！你看他正像一位行吟的农民诗人

哨声颤颤地从土堤上扑过
他好像一根火苗
在北方人民的心里引起红火……

有一天他被敌人捉住了
那是在一个没有人的山坡上
他愤怒地挺起阔海般的胸膛

"你问我干什么呢
我生下来就是战斗的
和仇人斗争而外,我再没有真理!"

钉子钉在他的手上
血污涂满了他的脸庞
这以后他就沉默了

太阳吻着地面
西风吹打山岗
他死掉了,在一个晚上

那个晚上,月亮很大
枯枝上还堆着雪花
风吹来了,拨开了他的头发

他想再吹一吹口哨
可是枪声就已响了
安静得很,他默默地在地上睡倒

正如夜空里落下一颗小小的露水

他死了,没有人伤悲下泪
斗争的人们还活着

哦,在他那黄土墓上
夜风呀吹打着白杨
松柏呀也高声叫响

是的,夜风呀正在歌唱
歌唱千千万万活着的祖国的农民
去攻打黑暗的城墙……

★ 1940年4月20日,吐血后之黄昏

六月谣

一 麦子，在笑哩

六月里
麦子熟啦

黄黄的天
黄黄的土地
黄黄的大麦粒
在笑
在笑哩

哦
爸爸呀
妈妈呀
大姑娘
小娃娃
都把镰拿过来吧

大伙儿都动手
快点儿割掉它
多送些给军队
不让鬼子抢走呀

黄黄的天
黄黄的土地

黄黄的大麦粒

在笑

在笑哩

二 这时候

这时候……

杏子顶红

枣花顶香

风儿顶大

麦子顶黄

炮声呵

在叫，在响

在河那边

在平原上……

炮声呵

在叫，在响

炸毁了张三的破锅

烧光了李四的草房

这时候……

年轻的小伙子呵

到军队里去吧

用你那乌黑的大手
背起这杆大枪
呵
趁着这时候……

这时候
枣花顶香
麦粒顶黄
这时候呵
大炮在响
黑夜很亮……

年轻人
来吧
像火
像枪

死也要烧
死也要响
死啦
也要保卫我们的土地呀

★ 6月10日，写于平西，涞涿五龙安之夜

到柳沱去望望

平原的芦苇已经很高了
平原的麦苗长得真壮
小鸽儿啊
你知不知道柳沱
那个唐河岸边的村庄

柳沱呵
是我们的家呀
柳沱啊
有我们的妈妈呀
柳沱给日本鬼子烧了
在一个黑得墨一样的晚上

哦,小鸽儿啊
跟我去吧
拍起你的黑灰色的翅膀
小鸽儿啊
跟我到拧掉了奶头的母亲身边去望望
跟我到刺破了肚皮的姐姐的身边望望

平原的芦苇已经很高了
平原的麦苗长得真壮
火车啊从平原上驰过
在五月的夜里悲凄地叫响

哦，哦，小鸽儿啊
一块儿去吧
一块儿到唐河边
洗一洗母亲那一身
被血染红的衣裳啊……

《平原小唱》后记

在《平原小唱》，大大小小计廿四首。这是一九四〇年三月、四月、五月这三个月中所得的一点成绩。

《平原小唱》，是我的诗在风格上大大地改变了。我能看出我的新风格，正在成长。

《平原小唱》，是我比较满意的一首抒情诗，可是意外地，《平原手记》却得到了好评。田间同志叫我寄到《七月》去了，虽然批评是不同的，如林采喜欢《姑娘》，方水喜欢《吹箫的》，子南却爱《卖糕》。我的讽刺诗，在这里开始了，虽然开始了，仅仅地开始吧了！我自己看来，这首讽刺诗并不很坏！

可是正当我自己觉得，可以抱起一个海洋似的欣欣向上的时候，我的工作有了变动。使五月下旬没有写一点东西。

今天，有两条路，一条是光辉的路，另一条，是就名字和文艺绝缘了。我祝福我的诗笔，在这太平的坝子上发光！

★ 一九四〇年五卅日题记

平原手记

姑娘 ———— 61
吹箫的 ———— 63
宋福庆 ———— 64
卖糕 ———— 66
回家去吧 ———— 67
土地 ———— 68
妈妈和孩子 ———— 69

姑娘

三月的风
吹着杏花
杏花
一瓣瓣地
一瓣瓣地
在飘
在飘呀

姑娘
坐在井边
转动了辘轳
用眼睛
向哥哥说话……

——哥哥
哪儿去呀?
哥哥
笑了一笑
背着土枪
跑向响炮的地方去了

杏花
飘在姑娘的脸上
姑娘
鼓着小嘴巴

在想
这一声
该是哥哥放的吧?

吹箫的

平原的黄昏
有人吹起了箫

吹的送别曲吗
不,吹的平原之夜呀
送别不好……

箫声
颤颤地
落下来了
落在柳荫里
那个吹箫的
跟大伙儿走了

大伙儿
背着土枪
吹箫的
在最前面
在漆黑的道上
吹箫的
又吹起了口哨……

宋福庆

宋福庆

在田里……

昨夜落了雨

雨后的麦畦

更绿啦

雨后的田野

飘着土地的脂香

宋福庆

开始工作了

他把土地挖开

把粪挑来

他挥动着紫色的胳膊

大车滚过去了

在那条发白的大路上

他望了望

身边的那杆焊土枪

和远处

那闪光的城墙……

宋福庆

他挥着胳膊

在田野里

流过

金色的太阳……

卖糕

——上哪儿去呀
——卖糕去呀
——带上吧
　到城里再散它……

卖糕的
伸过油污的手
接了过去
（把它压在糕下面）
那一大卷
红红绿绿的小纸条

——卖糕啊，卖糕
挑着热烘烘的糕
他
敲着锣
消失在城边
像一根火苗……

★　四、六晨，早饭后

回家去吧

平原已经黑啦
回家去吧
小孩子呀……

平原已经黑啦
回家去吧
小孩子呀……

小孩子
摇着小手
眼泪啊
一颗颗地滴了下来啦

哈
他们说你年纪太小
不能扛枪呀……
小孩子啊
快点长起来
啊，长得很大很大
到鸭绿江边去跑马……

平原已经黑啦
小孩子呀
回家去吧……

土地

土地啊
在开荒团的手里跳……
土地啊
在开荒团的手里笑

队长抬起了头
望了望发白的城头
又望了望土地的那一边
睡着的二十几根大枪
有谁在低低地说
——来了的话
就干他娘

土地啊
在开荒团的手里
笑得更厉害了

妈妈和孩子

夜啊已经很深
小房子里
还没有熄灯

孩子解着袄
妈妈啊
在给爸爸写信

孩子颠着小脑瓜
轻轻地摇着妈妈
——告诉爸爸啊
多杀几个敌人吧

灯熄了
妈妈和孩子
都有了梦啦
梦里
爸爸扛着一挺歪把子
趴在一株松树下……

黑夜之歌

宽肩膀_____73
反扫荡小记_____80
拒马河民谣_____84
坟场_____87
田园的泪_____89

宽肩膀

一

年轻的
都喊着
"小岗"

小岗——

他那大眼睛
他那宽肩膀
在村子里
　闪着光……

"喂，小岗
你那肩膀
好抱婆娘"
年轻的
都笑着
小岗
摇着头

"嗨！我这肩膀啊
要抱大枪"

二

八月里
枣子快熟
像孩子们
在树枝上
摇着颤颤的小手

八月的夜啊
比白天还亮

年轻的
都呼喊着
"参加青抗先
比干么儿都强!"

小岗
他那大眼睛
他那宽肩膀
在人堆里
　闪着光

"我不参加
不算人养!"

年轻的
都呼喊着
八月的夜呀
也呼喊着

"好小子
参加青抗先
保卫家乡！"

三

高粱叶
在窸窸窣窣地响

年轻的
都围着小岗
围着他们的队长

年轻的
都打上了绑带
背起了紫褐色的背包
掮起了土枪

"嘿，这伙年轻人
操法真行

活像八路军"

村里的老头子
都来看操
看花了眼睛……

四

十一月
我们的平西
呼吸在战斗的火焰里

年轻的
也呼吸着
战斗的香气呢

河水涸了
炮弹打过来
一下
两下
……
都落到地里去啦

河里的水
只有脚面高

大伙儿
都过去了……

都过去了
我们的子弟兵
都过去了
我们的青年人

河水啊
望着
村庄啊
望着
都望着小岗呢

小岗
红起大眼睛
摇着宽肩膀
背着土枪
走在年轻的头里……

五

太阳啊
滚下去
星星啊
爬上来

炮声

停息了

平西的夜

还闪着枪火呢

这夜里

河水在流着

血液在淌着

我们的小岗

静静地

被埋进了黄色的土地

年轻的

没有一个忘记

他那宽肩膀

在炮火里摇晃

当敌人的枪弹

打进了他的胸膛

他啊

还紧抱着土枪……

年轻的

没有一个忘记

当他吻着黄土的时候

他啊

还在摇着肩膀

呼喊着
——杀上去……

六

这夜里
河水还在流
血液还在淌
山的那边啊
生长出一个新的土岗

这夜里
月亮的光
悲愤地洒在山岗上
年轻的
都举起了钢枪

"静静地躺着吧
小岗
我们都是有种的
我们的肩膀也宽着呀
为了洗清我们的血仇啊
我们要
永远地举起战斗的钢枪"

★ 1941年1月

反扫荡小记

一 来吧

当敌人还未进来的时候
平西的人民啊
都在动手……

粮食都藏好啦
没有锅的炕
装满了石头的水井
都在笑呀
每一个村庄
都好像在说
——喂,敌人们
你们来吧!

二 出发了

炮声吼叫的晚间
我们的青抗先出发了

分队长小张
把手榴弹别在腰里
把大刀背在背上
红红的大眼睛
闪着光……

——集合啦
呜呜的哨音
吹过了村庄

三　柿叶

山顶上的柿叶
真红呢
同志们
没有一点声音
静悄悄儿的
像小孩子
趴在母亲怀里似的
趴在这里……

山脚下
有一群黄色的野兽
过来啦
当我们的枪响的时候啊
他们淌出的血液
要比山上的柿叶更红
比山上的柿叶更多呀……

四　夺下这个山头

夜

通红的炮火
照亮了山沟

张连长
在黑夜里挥手
——兄弟们啊
夺下这个山头!
在张连长的呼声里
机关枪呀
像一只喷火的野兽
山头呢
山头在发抖

夜快要亮
呼声、炮声都停了
山头上
躺着张连长

张连长的手上是血花
脚上是血花
胸口上是血花
而敌人的尸首
快把山沟染红啦

五　一只眼睛

敌人烧了一个村庄
在一个有月亮的晚上

一个草铺里
有七个病号
五个老百姓
一十二个中国人
烧得什么也没有了
只剩下一只眼睛

这只眼睛
很红
很亮
没有一滴泪水
仇恨地望着紫色的东方

★　1940年11月，草于病中

拒马河民谣

一

拒马河,笑洋洋
拒马河是我们的娘

嘿,拒马河里流着奶
拒马河里流着浆
拒马河边的高粱肥
拒马河上的麦苗长

拒马河,笑朗朗
拒马河像小姑娘

姑娘脸像桃花红
姑娘脸比杏花香
姑娘送我当兵去
拒马河东去打仗

二

拒马河上的月儿一弯弯
五月的夜风呵吹着我的脸
平原已经睡熟了
妹妹呵
到这大月亮地里来一块玩一玩

拒马河上的月儿水汪汪
平原的那边呐,有人响起枪
妹妹啊,紧紧地握着我的手
让我们啊,一起挺起火热的胸膛

三

嘿,日本鬼子像一只狼
狼要吃老百姓的羊
八路军就是一根打狼的棒
老乡们呵
咱们要跟着中国共产党

日本鬼子像一条狗
狗要啃中国人的肉
八路军就是打狗的大石头
老乡们呵
咱们要跟着中国共产党向前走

四

拒马河,笑呵呵
拒马河像小哥哥

哥哥力大身体壮

哥哥放炮我放枪
为了保卫核桃树
拒马河东去打仗

拒马河上的月儿亮晶晶
平原的那边有人歌唱肖司令
跟着肖司令呀朝前走
你吻着我的手呵
我吻着你的小眼睛

五

拒马河的流水哗啦啦
拒马河边的青年笑哈哈
天气暖和麦苗绿
桃杏枝头开了花

拒马河的流水响当当
拒马河边的青年笑洋洋
新发下手榴弹十几个
又有火药又有枪

拒马河的流水又笑又跳
拒马河边的青年回来了
昨夜吓坏了日本鬼
抢回了木板十几条

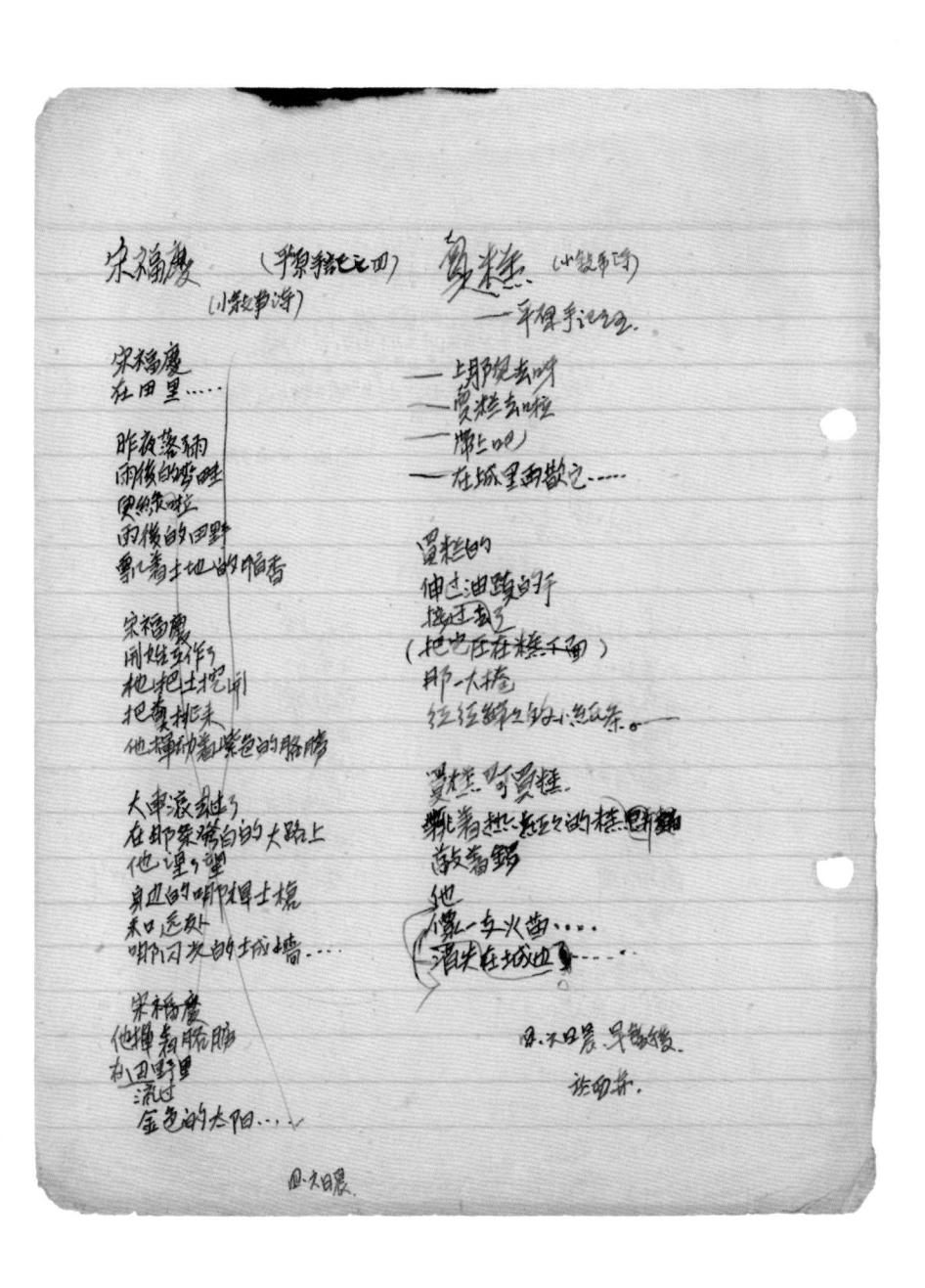

宋福庆　（手稿待七之四）　　卖糕　（小散事诗）
　　　　　（小散事诗）　　　一平埋手记之二

宋福庆　　　　　　　——上那儿去呀
在田里……　　　　　——卖糕去呢
　　　　　　　　　　——路上吧
昨夜落雨　　　　　　——在城里再散吧……
雨后的空明
更加荒凉　　　　　　买糕的
雨后的田野　　　　　伸过油腻的手
飘着土地的脂香　　　挖过来了
　　　　　　　　　　（把壳在糕下面）
宋福庆　　　　　　　那一大捧
开始工作了　　　　　红红鲜艳的小色条。
他把土挖开
把麦挑来　　　　　　卖糕呀卖糕
他挥动着紫色的胳膊　飘着热辣辣的糕思和甜
　　　　　　　　　　敬着锣
大车滚过了　　　　　他
在那苍茫白的大路上　像一支火苗……
他遥望　　　　　　　消失在城边……
身边的啦吧土墙
来日返灶　　　　　　　　　风木日晨，早餐回来
啦吧灰灰的土成墙……　　　　　　　张曲芥。

宋福庆
他挥着胳膊
在田野里
流过
金色的太阳……

　　　　　　　风大日晨。

《宋福庆》《卖糕》手迹

两兄弟

一、
大雪掩盖了这条山沟
哗哗激扬的雪花呀
埋葬了这个圆村子
也埋葬了木头
那条有一株株白杨的道路

是黄昏的黄昏
村前走来了一个有八
他冻得浑身打哆嗦
歪歪斜斜地
把手抽插在衣袖里

有一阵风吹过村料
把房檐上的积雪吹起
这个人来到村口
抖抖披满了雪片的
那件破皮袄和破木棒鞋

二、这个村子
叫做多草坡
村子前面
流着一条银色的细牵河

村子很单调
没有一些事情
躲在这条山沟里面
像一个很小的玻璃瓶

村里有两个兄弟
哥哥张义
有着大家柔和的个性
是一个充满了土地气息的农民

弟弟张顺
生下来就是倒地蒜
陡路就爱拄拐大火堆
他失去了脚

《两兄弟》手迹一

在五年的一个国庆的晚上

听说
听说他进了城
他当了干部

二
当着农会主任
像一轮制太阳的光辉
他组织人民
斗争的

他才从区粮会回来
一步一步的到了村边
咳了咳心紧张
接着他走了沉思里
他想起了一个很重要的问题。因：

三
夜
流过村子
暗来了星光
风鸣已经停止了
白色的土地，广阔得很像些海洋

张文正吃着糠菜的晚饭
刘 计算着明年春天
怎么募款买化种
把田里生了霜……

突然
有个人来敲开门
他想
找他的一定是农会主任

进来的是个——
戴着一顶皮帽
披着一件羊皮

张则民
大摇大摆的
走进了张文的家里

哥哥，你好吗？
听说村里富裕得很呢！

《两兄弟》手迹二

呈给五月的平原

平原小唱
——献给五月的平原 ——平原小唱之一

五月的风啊，   都笑得裂开了嘴巴
你，你要把我吹到哪里去哦
五月的风啊，   平原上的爸爸
怎样心甘地，我来大到了平原呀   平原上的弟弟
                        平原上的姐姐
你看   平原上的妈妈
我立在这里
橙色的大地   我真想抱一抱你们
哦，为什么   亲一亲你们呀
我的眼是这么花
我的头是这么晕呀   真的，我想亲一亲你们
                        亲一亲妈妈的嘴唇
哦，我回到了平原   亲一亲姐姐的眼睛
回到了我的家哪   亲一亲爸爸的衣裳
你看哪没有边际的田野   亲一亲弟弟的手掌
你看哪黄色的滚烫呀   就是树哪，口井
波浪着   还有那一根紫色的蓝葡萄
不安地流到那现在吗！   我也想问一问他们呀
                        问一问他们
这不是我的家吗？   哦，他们……他们都吧！
你看那流水来洗木头
去浇地浇浇圣大路   哦，五月的风哪
你看，你看   不要再吹了吧
平原上的人民   我已经到了平原
                        回到了我的家里哪

《呈给五月的平原》手迹一

《呈给五月的平原》手迹二

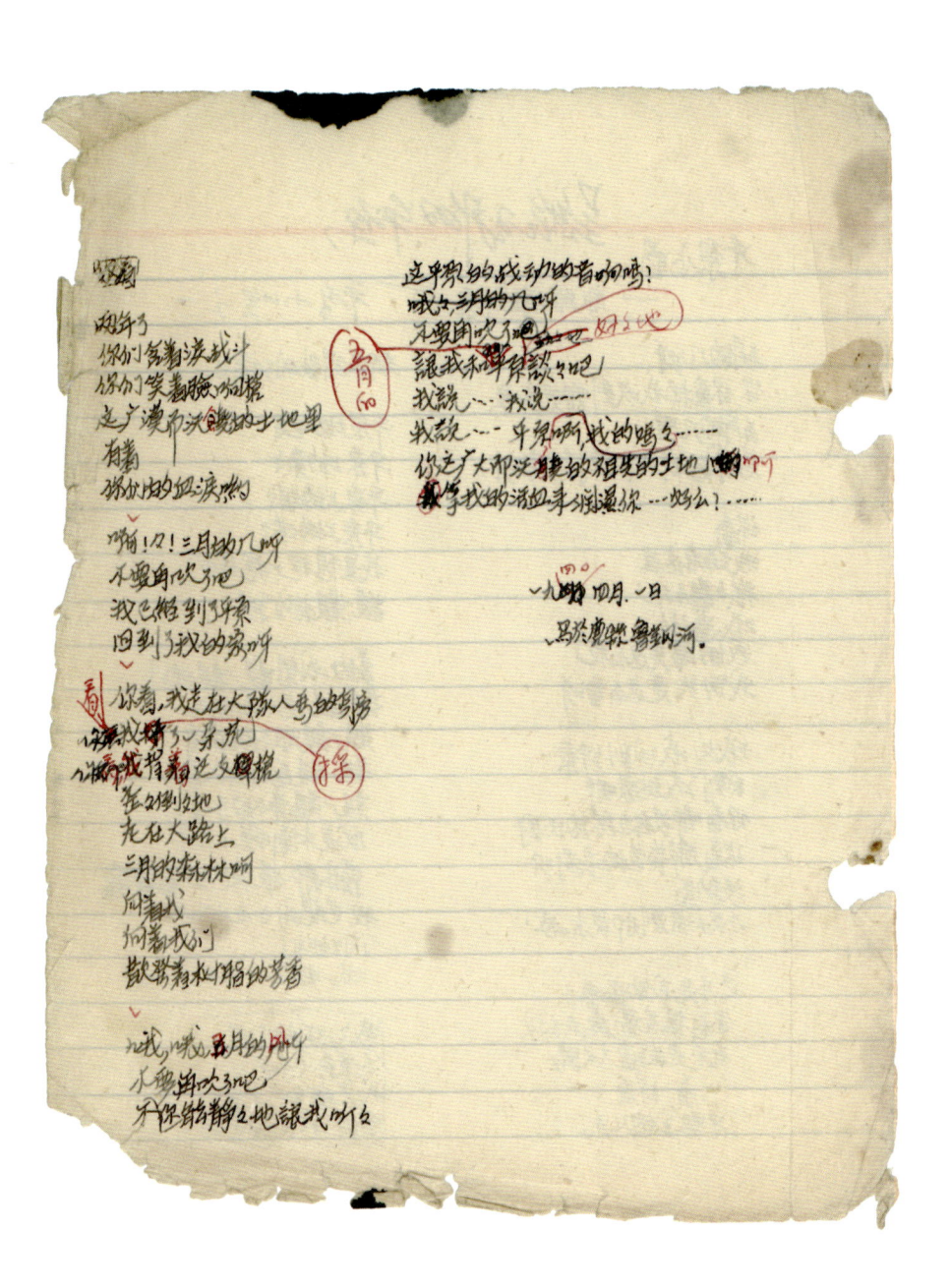

吹口哨的农民人

他是～～～的一个农民
乡村是他爸爸
土地永远是他母亲

像一棵紫色的石榴
谁也没有他～～
谁也没有他年青

他那乎紫似的灵魂谁也模不到
他不言谈也不微笑
静默如乎像未叫他然为友好

他发着天边的一缕白云
他说白云是他的故土
白云下有他的母亲。

有时当他疲倦了
他一个人就吹起口哨
於是,你可听见他的心声。

口哨的声音急促得很
一下子响声又变得轻々
像蔷薇刺扎入了你的心灵.

口哨里有着泥土的芬香
并使他想起～～的地方

《吹口哨的人》手迹一

想起了生他的地方

哨声虽然短促
好像咽哽在喉
呵,他一定想起了童年的痛楚。

口哨声音低微
好像夜行人在古墓边徘徊
简直叫人流下泪水

这些他並不爱吹
他的口哨常々高昂
孩子听見了他想起了刀枪

他敬戰从这个抗战的时代
青年人不应当有太多的悲哀
从他的口哨声里可以辨认出来。

他的口哨声一步又一步
吹奏在碧緑地的田野村
呵,依着他正像一位行吟的农民诗人。

哨声颤抖地在土堤上撲过
他好像一個
在北方人民的心里刮起怒火、、、、、、

有一天他不提敌人提起了
那是在一個没有人的山坡上
他激怒的又扯起了诅咒阴殿的口哨声

你问我干什么呢

《吹口哨的人》手迹二

《六月谣》手迹一

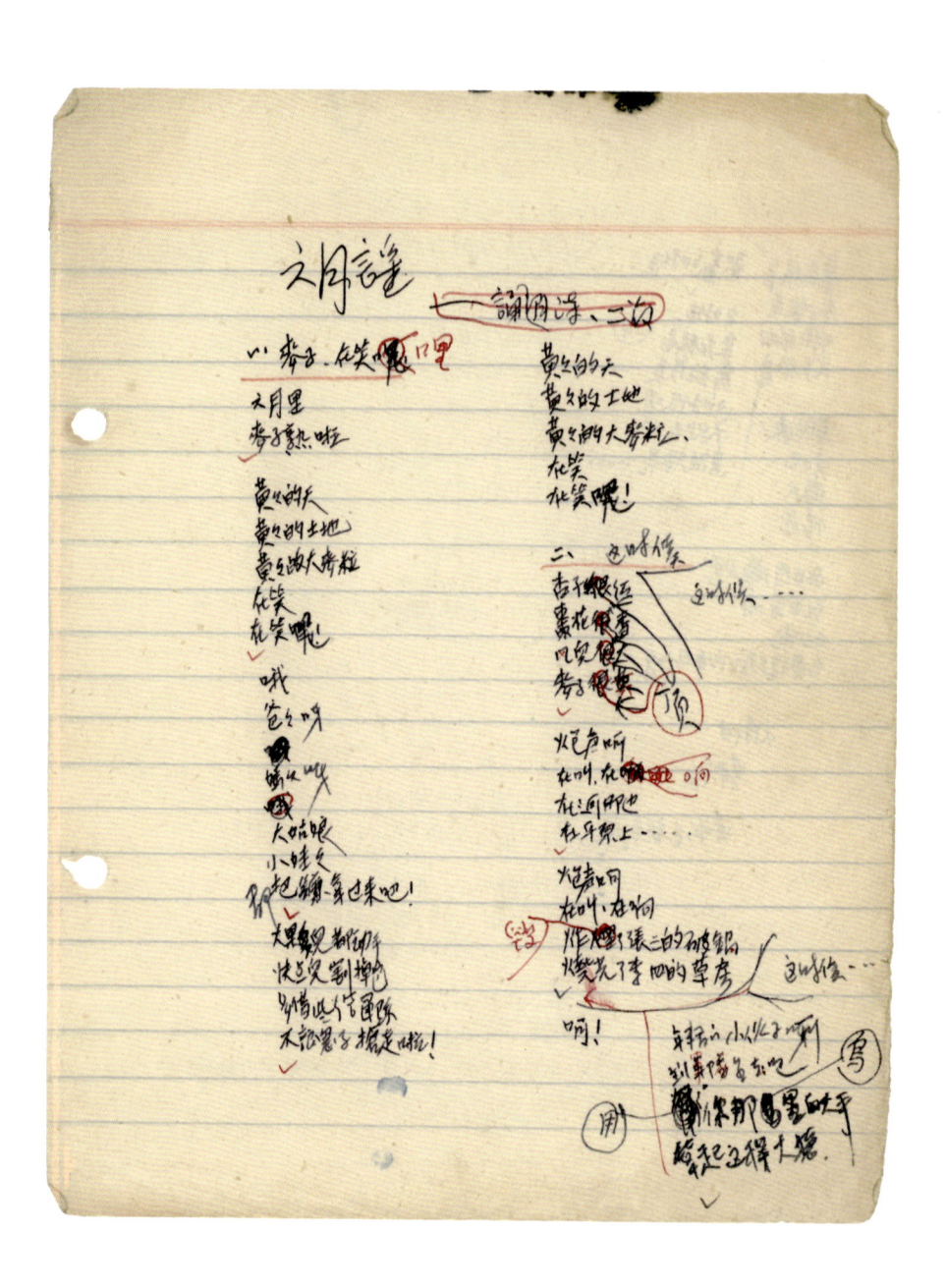

坟场

> 战士的坟场
> 比奴隶的国家
> 还要明亮
> ——田间

十二月
我从平原回来
打战士的坟边走过

这是一座崭新的坟墓呀
荒草已经枯死了
润湿的黄土堆里
斜斜地插着
两块白杨木的牌子
那上面刻有
我们年轻的烈士的名字啊

亲爱的兄弟们啊
还是前天
我曾经看见过你
在微笑的月光下
荷着枪
赶着垂着耳朵载满粮食的毛骡……
从广阔平坦的平原那边
回来

而今天
这冰冻的黄土岗
却已经默默无言地
把你深深地埋葬……

亲爱的兄弟呵
你们并没有死亡
你们的血肉
化作了祖国的血肉
你们将最先看见到
一九四二年从太平洋自由的海浪里
升起来的红太阳

★ 1941年12月27日夜

田园的泪

十月的原野
已经枯黄了
我们的田园
变成憔悴

红高粱
倒在地里
吱吱喳喳的小雀子
从什乱的没有人收拾的谷堆里飞起

颓败的焦黄的村庄呀
破乱的瓦屋
敞开着灰色的空空的门洞
黑锈了的门环
寂寞地在微风里摆动

田园呵
为什么你的脸色
是这样灰白
淡蓝色的轻烟
也不再
在人家屋顶
微笑地飘起

田园呵

你
像一个受了凌辱的姑娘
那么痛楚地喘息地
望着……

望着
那趴在你身上的
灰色的堡垒
和那割裂了你
"万里长城"似的深沟
望着
敌人的
狂乱的皮鞋
和那淫浪的笑声
在闪箭一样的道上
踏起了黄色的灰

田园呵
你的眼角
含满了人民的苦泪……

★ 1942年11月30日

新的伊甸园记

献诗 ———— 93
为祖国而歌 ———— 96
将军 ———— 102
葡萄 ———— 105
月光曲 ———— 110
夏娃和亚当 ———— 114
我的红色的小战马 ———— 120
铁匠和他的刀子 ———— 123
我们的脚步 ———— 130

献 诗
——为伊甸园而歌[1]

那是谁说
"北方是悲哀的"呢

不
我的晋察冀呵
你的简陋的田园
你的质朴的农村
你的燃着战火的土地
它比
天上的伊甸园
还要美丽

呵,你——
我们的新的伊甸园呀
我为你高亢地歌唱

我的晋察冀呵
你是
在战火里
新生的土地
你是我们新的农村
每一条山谷里
都闪烁着
毛泽东的光辉
低矮的茅屋

[1] 这首诗和下一首诗,作者手迹有不同的版本,还有将两首合一的,这里收选的,为整理时间靠后的和1958年版《十月的歌》相同。

就是我们的殿堂
生活——革命
人民——上帝

人民就是上帝
而我的歌呀
它将是
伊甸园门前守卫者的枪支

我的歌呀
你呵
要更顽强有力地唱起
虽然
我的歌呵
是粗糙的
而且没有光辉……
我的晋察冀呀
也许吧
我的歌声明天不幸停止
我的生命
被敌人撕碎
然而
我的血肉呵
它将
化作芬芳的花朵

开在你的路上
那花儿呀——
　红的是忠贞
　黄的是纯洁
　白的是爱情
　绿的是幸福
　紫的是顽强

为祖国而歌

我
埋怨
我不是一个琴师

祖国呵
因为
我是属于你的
一个手大脚大的
劳动人民的儿子

我深深地
　深深地
　　爱你

我呵
却不能
像吉卜赛的歌人一样
在六月的月光下
那银色的帐幕里
拨动六弦琴丝
让它吐出
震动世界的
人类的第一首
最美的歌曲
作为我

对你的祝词

我也不会
骑在牛背上
弄着短笛
也不会呵
在八月的禾场上
把竹箫举起
　轻轻地
　轻轻地吹
让箫声
踏过泥墙
落在河边的柳荫里

然而
当我抬起头来
瞧见了你
我的祖国的
那高蓝的天空
那辽阔的原野
那天边的白云
　　悠悠地飘过
或是
那红色的小花
笑眯眯地

从石缝里站起
我的心啊
它兴奋
有如我的家乡
那苗族的女郎
在明朗的八月之夜
疯狂地跳在一个节拍上
你搂着我的腰
我吻着你的嘴
而且唱
——月儿呀
　　亮光光……

我们的祖国呵
我是属于你的
一个紫黑色的
年轻的战士

当我背起我的
那支陈旧的"老毛瑟"
从平原走过
望见了
敌人的黑色的炮楼
和那炮楼上
飘扬的血腥的红膏药旗

我的血呵

它激荡

有如关外

那积雪深深的草原里

大风暴似的

急驰而来的

祖国的健儿们的铁骑……

祖国呵

你以爱情的乳浆

养育了我

而我

也将以我的血肉

守卫你啊

也许明天

我会倒下

也许

在砍杀之际

敌人的枪尖

戳穿了我的肚皮

也许吧

我将无言地死在绞架上

或者被敌人

投进狗场

看啊

　　那凶恶的狼狗

　　磨着牙尖

　　眼里吐出

　　绿色莹莹的光……

祖国呵

在敌人的屠刀下

我不会滴一滴眼泪

我高笑

因为呵

我

你的手大脚大的儿子

你的守卫者

他的生命

给你留下了一首

无比崇高的"赞美词"

我高歌

祖国呵

在埋有我的骨骼的黄土堆上

也将有爱情的花儿生长

那花儿呀

红的是忠贞

黄的是纯洁

白的是自由

绿的是幸福

紫的是刚强……

★ 1942年8月10日,初稿于八渡

将军

> 聂司令员跳上战马
> 队伍继续在敌人的尸首上前进……
> ——方冰

啊,三月的
红杏花
像一片红霞
开满了山岗

啊,哪儿的
一群孩子
在三月的清晨
自由地歌唱

那红色的枪缨
在三月的微风里
轻轻地
轻轻地飘扬

我们的将军
骑上了战马
马蹄
响在道上

孩子

伸出黑黑的小手

向将军

鼓着红红的小嘴巴

——有路条吗

将军

在马上笑笑

从黄色的军装的口袋里

去掏取

我们晋察冀的

铁木辛哥元帅[①]的

证章

"敬礼"

孩子们

黑油油的眼里

闪着光亮

笑嘻嘻地

向将军

举起了手掌

将军

挥动了马鞭

马蹄

响在道上

[①] 苏联元帅（1895—1970）。

黄黄的灰尘
一滚
一滚
我们的铁木辛哥呵
又驰向那炮火明亮的前方

"天上有个北斗星
晋察冀有个聂司令
…………"
三月的风儿
也吹远了
孩子们的歌唱……

葡萄

1

六月的早晨
红红的阳光
躺在葡萄架上

绿色的风儿呵
轻轻地吻着
紫色的葡萄

风儿和葡萄
好像
在快活地絮语
"朋友呵
你好……"

院子里
也很明亮
穿着
蓝色的新衫子的
小羊倌
从羊圈里
把羊赶出

白的

黑的
杂乱的羊群
咩咩地
在院里乱跑

小羊羔
咩咩地叫着
小羊羔呵
你也想
吃一嘴葡萄

2

东家
那个
戴瓜皮帽子的
好老头子
站在葡萄架下面
青石阶上

那好老头子呵
他的手
摸着
黑黑的山羊胡

"葡萄熟了
尝一尝吧
孩子……"

那老头子呵
伸过手
摘了一枝
递给了
身边的小羊倌
那老头子
笑眯眯地
眯着眼睛
望着
穿着新衫子的小羊倌
像父亲
那么亲切
望他的儿子
"好吃吗?"
"好吃"

3

为了保卫
晋察冀的早晨
两只大黑羊

也仿佛在门边
用羊角
开始攻击
小羊角呵
是它们的枪刺

"去你妈的吧!"
小羊倌
好容易呵
把羊群
赶出大门

羊群
乱哄哄的
向晋察冀的绿色的田野
勇敢地进军……

田野
也是明亮的啊
青草上
堆满了
亮晶晶的露珠

小蜜蜂
嗡嗡嗡的

飞过来
也想吻一吻
我们的小羊倌

穿着新衫的小羊倌啊
在晋察冀的早晨
在六月的阳光里
赶着羊群
鼓起红红的小嘴唇
快乐地吹起了
上山的小曲

月光曲

1

月亮挂在天上
星星眨着小眼睛
像一群顽皮的小孩子
挤在妈妈的身旁

"妈妈,你看
那是什么呀
是不是一群红色的马队
闪电似的奔驰在河岸上?"

"啊,孩子
那是晋察冀的子弟兵
他们呀,骑上太行山的骏马
趁黑夜,去夺回失去的
祖国的城市和村庄"

月亮挂在天上
星星眨着小眼睛
像一群顽皮的孩子
向夜的晋察冀窥望

2

马蹄嗒嗒地响

马蹄呵,踏碎了月光
马儿呵,饮着河水
战士呵,掮起钢枪

风儿呀
你用力地吹吧
把那甜蜜的、悲哀的好梦
吹进敌人的堡垒和营房

月儿呀
你明亮地照吧
让凶恶的法西斯野兽
得意地狞笑在中国的土地上吧

马蹄嗒嗒地响
马蹄呵,踏碎了月光
马儿呵,扬起了灰尘
枪儿呵,纵情地歌唱

3

小星星呵
你听着
枪儿在唱歌——
一支红色的

太行山上子弟兵的月夜之歌呵

"月亮光光
挂在天上
我们的红色的枪火
射过晋察冀的山岗

"月儿圆圆
挂在天边
我们的白色的枪尖
刺进了敌人的胸膛"

小星星呵
你听着
枪儿在歌唱
一支红色的撕毁敌人的歌呵

4

月亮呀
你看啊
星星呀
你看啊

我们的红色的马队

在妈妈河上急飞

马蹄呵,愉快地踏着浅浅的河水

枪尖呵,胜利地闪着血红的光辉

敌人的呜咽的血泪

流进了妈妈河滚滚的波涛里

泪儿呵,沉进了黄色的河底

血儿呵,将灌溉中国的土地

月儿呵,你笑

星星呵,你笑

用笑声去拥抱

钢铁的子弟兵哟……

夏娃和亚当

原谅我,你美丽的神话中的
人类最初的一对男女
夏娃与亚当哟
你俩是幸福的
你俩是世界上的第一对爱人
当上帝不在的时候
偷偷地接了人生的第一次甜蜜的长吻
但是,我要说
你俩的爱情是平庸的
比之我们的晋察冀的
人民和斗争的爱情的火花呀
还不过是一粒颤动的火星

呵呵,我的年轻的血激动着
我的笔是这样辗转不宁
我的心像一个巨大的风轮在急转
呵,我的蹩脚的诗句呀
请你让我平静地叙述
一个爱情深厚的故事
在这斗争的晚间
在我们血花开放的晋察冀

此刻呀,在我的面前
是一幅广大的阔海般的平原
黄黄的地,黄黄的天

风吹着黄黄的大麦粒
在我眼前闪动着的
是敌人的无数的灰斑似的堡垒
是飘舞着的血腥的红膏药旗
是深暗的万里长城似的"埋民沟"

而在明亮的枪火里
我看见了你
夹着一个小包袱
别着一杆手枪
行走在大月亮地里
白杨树林下的
我的年轻的兄弟

呵，我怎样描写你呢
你呀，脸孔紫黑，牙齿焦黄
矮矮的个儿
粗大的手掌
如果第一次看见你
不会相信你是一个二十多岁的青年人
你简直和打短工的一个模样
啊，我的年轻的区长
我们晋察冀的亚当
不，你不是那平凡的传说中的亚当呀
你是火，你是刀，你是剑，你是枪

你是闪电,你是暴风雨,你是海燕
在残酷的斗争里高高地飞翔
谁是你的爱人呢
我知道,你的爱人啊
是祖国,是受难的土地
是一支勇敢的枪……

呵,记不清了
总之,是那么一天
那天,当太阳刚从遥远的太平洋的海波里升起
含着笑丝爬到平原的地平线上
敌人呵
突然包围了一个平静的村庄
呵,也包围了你
我们的年轻的区长
包围吗,对于你
一个斗争的老手
不正和吃一顿家常便饭一样

没有畏惧
也没有惊惶
把文件藏进炕洞
把手枪别在裤带上
当骚动过来的时候
你呵

沉着而大胆地
跳进了邻家的土墙
"躺下吧，不要有声响"
院子里
只有一个女郎
她吃惊地匆忙地让区长躺在炕头
把红棉被盖在他身上
然后，她自己在炕沿坐下
用手按扣着急剧的跳动的胸膛

呵，过来了，过来了，过来了
门儿飞开
敌人撞了进来
一切都突然沉寂了
恐怖的死亡的魔爪触到女郎的心坎上：
"死吧
死在一块
也不出卖我们的区长"

"哈哈，支那的花姑娘
这是什么人的，你讲……"
敌人嘻嘻地狞笑着
朝他望了一望
又用刺刀扎在盖着区长的棉被上
姑娘颤声地回答

"这是我的丈夫
呵,他正发疟子
请你原谅……"

"哈哈,小姑娘
不要撒谎
如果是你的丈夫
呵,你吻一吻他的脸庞!"
呵,呵,姑娘呀
你,像突然掉进了灰色的海洋
你惶惑地低下黑色的头发
眼睛死死地盯在地下
在你的面前
矗立起一堵封建的旧礼教的高墙

"呵,不
死吧
死也不能出卖我们的区长"
姑娘呀,我看见了,我看见了
在你稍一沉思之后
毅然含羞地俯下了你的身子
把那火热热的红润的嘴唇
贴在区长的嘴上
呵,姑娘呀,我看见
一朵娇羞的红晕

升起在你红杏花似的脸上
呵,呵,我把我的最大的祝福与崇敬
给予你,我的新的伊甸园里的夏娃与亚当
给予你,斗争的鹰,我们的区长
给予你,新中国的女儿,圣洁的姑娘
从你那含羞的短短的一吻里
我可以断定,我看见了
那最美丽的最崇高的
红色的爱情的炽热的火光……

我的红色的小战马

诗呵
我的红色的小战马呀
为什么
你在不安地嘶鸣着
像在出征的前夜
虽然
雪花又把你的雕花的马鞍冻结
而你
还是那么兴奋地
打着喷嚏
踢着铁蹄

呵，我知道了
你是因为
听见了
昨天黄昏
我们的县委
那脸色紫红
长着长冬瓜似的脑袋的中年人
在灰暗的灯光下
含笑地对我说
"东方红呵
带着那廿多个
到平原里去……"

呵，我知道了
是你因为
在渴望着
久别了的田园
那流着人民的苦泪的田园呀
那曾以紫葡萄似的乳浆
喂养过你的田园呀
那你曾经昂着头
夹着东风
闪起火星
飞鞭急驰过的田园呵

呵呵
我的诗呀
你是人民的战马
又是人民的刀剑呵
你原是来自
中国农村
那黑手黑脚
胸口堆着黑毛的铁匠
手里的刀子呵

"东方红
你和你的诗
要忠实地服务于人民"

为了田园的苏生
为了拭干人民的苦泪
你要
勇敢地把刀剑举起
让那撞进了我们的田园
"哈哈"地淫浪地大笑着
穿着短套铁刺的靴子
插着红膏药旗帜的敌人
跌倒在我们的田园呵

★ 1942年11月30日,九渡

铁匠和他的刀子

火花
在炉子里
　　　　闪亮
火星
满屋子飞扬

呵，铁匠
呵，咱们的
老王

嗨
你看他
他，赤裸着
褐黑的
赤铜色的
多毛的胸膛
他呀
挥动了粗大的铁一般的臂膀

——打一把耙子吧
——不，打一把锄

为着亲爱的祖国呀
天一亮
当太阳

还没有
照在河上
他就打开了门窗

老婆子
拉起风箱
风
呼呼地
呼呼地
灌进了炉膛

他的工作
开始了
铁锤儿
　　　叮当
铁锤打在铁砧上

火花
在炉子里
　　　闪亮
火星
满屋子飞扬

呵
老王

我们的铁匠
——打一把锄吗
——不，打一把铁镐

嗨
你听
他粗暴地吩咐了
——快一点
　　把炭加上！

老婆子
把炉盖掀开
焦黑的炭
发着红光
风箱呵
又呼呼地响

为着亲爱的祖国呵
汗水
一滴滴地
从额角
流过嘴边
流过胸口
洒到地上
好一幅美丽的图画呀

你瞧

他呀

一只手举起了红的烙铁

一只手舞动了铁锤

    叮当

    叮当

    叮叮当……

他的脚踩在一个节拍上

他的手舞在一个节拍上

铁锤响在一个节拍上

风箱拉在一个节拍上

    叮当

    叮当

    叮叮当……

火花

在炉子里

   闪亮

火星

满屋子飞扬

从上午

到黄昏

从日出

到日落

——休息一会儿吧
——不……（他摇了摇头）

他的手臂
那长着粗暴的钢条般筋肉的手臂呵
挥动得更欢
　　　　更紧
　　　　　更有劲
　　　　　　更狂……

手臂挥舞着
铁锤挥舞着
老头子短短的头发挥舞着
挥舞着火光
挥舞着门窗
挥舞着风箱
挥舞着手膀

火花
在炉子里
　　　闪亮
火星
满屋子飞扬

——呵,完成了
　　这新的刀子……

为着亲爱的祖国呵
新的刀子
在铁匠的手里
闪出胜利的光芒

——把磨石拿来
　　要一点水

水洒在磨石上
磨石
发出声音
霍霍地
霍霍地
　　响

磨石呵
像朗诵
一首新诗
又像歌唱

黄昏来了

铁匠

还挥动着

他的手臂

铁锤儿

　叮当

铁锤打在铁砧上

火花

在炉子里

　　　　闪亮

火星

满屋子

飞扬

飞扬……

★ 1943 年 4 月 21 日，前铺

我们的脚步

灰色的夜里
我们的脚步
轻轻地
轻轻地
踩着泥沙
——嚓，嚓，嚓……

呵，你
站在道边
披着灰黄色的头发老汉似的大树呵
你知道
我们是谁
我们是谁呀

呵，你
高声嘶叫着的
拒马河里的流水呵
你知道我们打从哪儿来
又向往哪里去吗

黑暗的夜
静静的夜
平原已经睡熟了
只有那断续的犬的吠声
叫嚣在遥远的村庄

我们的脚步
——嚓，嚓，嚓的
踩在湿软的泥沙上

呵，三月的微风呵
你低低的
在我们的耳边歌唱着
你唱的什么歌呵
你且来摸一摸
我们的火烧的脸
我们的急跳的心
和我们温暖的枪筒吧

呵，三月的微风呵
是你忘记了受难的人民
是你看不见土地上苦痛的眼
是你听不见灰色炮楼中的笑语吗
你是这样愉快地
吹过小溪吹过柳林
像钟
像笛
像轻轻奏着的手风琴……

黑沉沉的土地
蓝色的海洋似的天

星星摇摇欲坠
一点暗绿色的灯光
隐隐地闪动在辽远的天边

灰色的夜呵
我们的脚步
轻轻地
轻轻地
踩过泥沙
——嚓，嚓，嚓……

在梦里狞笑的敌人呵
告诉你
我们来了
要警戒好……

★ 1943年4月21日，前铺

战士诗抄

枪要出击了 135
麦草上的梦 139
夜，我们躺在大山岭上 144
母亲 147
红高粱 158

《六月谣》手迹二

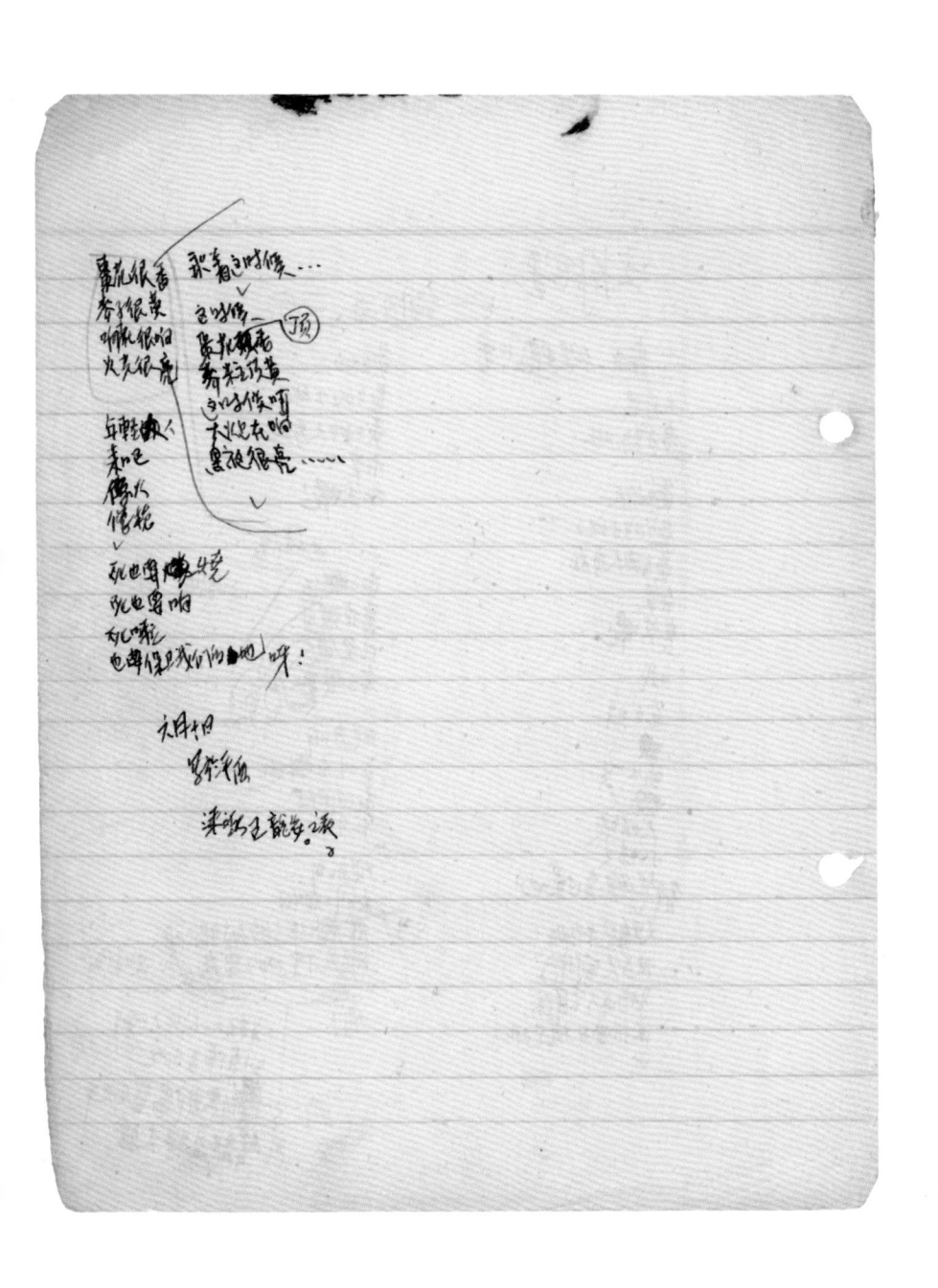

二 出發了

硬朗的喇叭叫的晚間
我們的骨就先出發了
分隊長小張
把大刀背在背上
記紅的大眼睛
閃著光……

三 楓葉

集合啦
嘹喨的哨音
吹過了行伍
山頂上的楓葉
真紅哩

四

同志們
沒有一點聲音
靜悄悄的
像小孩
爬在母親的懷裡似的
把槍在愛撫……

山腳下
有一群黃色的野獸
過來啦

五 人皮

拒馬河
你看見了什麼？

一個青年人
被日本鬼子活活的剝了
剝下一張鮮血模糊的人皮

我看見了火
看見了血液
還看見了
他們
剝了我們的兄弟
祖宗的兒子手
一大大的好的し……
還哈哈大笑

六 一支眼睛

當一個有月亮的晚上
一個尊鎖里

隨著跟連長
張連長的手上是血花
手上是血花
胸口上是血花
而敵人的曩首
快把山溝染紅啦

七

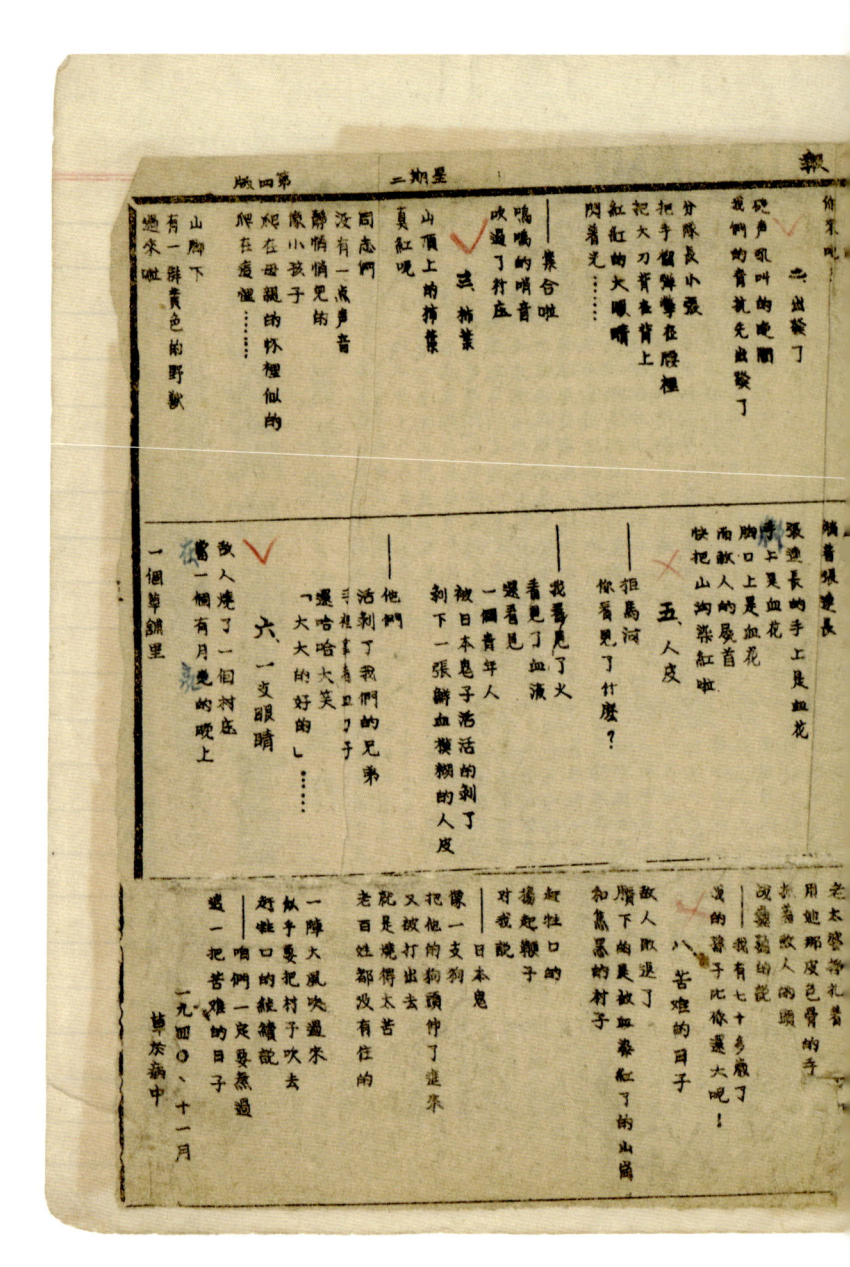

老太婆發孔着
用她那皮色骨的手
抓著敵人的頭
說著的說
我有七十多歲了
鬍子也你還大吧！

敵人敗退了
賸下的是被加蒸紅了的山崗
和焦墨的村子

八 苦難的日子

紅牡口的
起牡口的
把她的狗頭打了進來
對我說日本息
就是燒狗打得太苦
老百姓都沒有住的

課一支
就把把狗頭竹了進來
又被打出去
老百姓都沒有住的

一陣大風吹過來
從牛要把村子吹去
好牲口的能繼續
咱們一定要忍過
遺一把苦難的日子

一九四〇、十一月
尊灰病中

陈辉作品《反扫荡小记》刊登在 1940 年
12 月 21 日油印的《挺进报》第四版

反掃蕩小記

陳輝

曾裁人
用他鄉貧難的眼睛
死死的釘着平西
平西的每一粒石子
每一滴水
都部閃着
勝利的光輝

蕭司令員萬歲！
——平西萬歲！

——來吧
當蔽人還未遺來的時候
平西的人民啊
粮食都藏好啦
没有鍋的坑
都在動手……

四、拳平敢徊山夫

夜
通火的砲火
燃亮了山沟
在黑夜裡撣子
兄弟們啊
看下這個山頭
此山上的柿葉呀
那山上的柿葉呀
呀此山上的柿葉呀……

張達長
在張連長的呼声裡
機關絶呼
像一支有火的野獸

有七個病號
五個老百姓
十二個中國人
連得什麼血也沒有了
只賸下一支眼睛
這支眼睛
復紅
没有一滴淚水
没有一滴淚水
忧恨的望着當前的敵人
七、我的孩子比你還大呢

鍋呢
那里去了
女人呢
那里去了
這樣一個死了的村庄
皇軍是不能宿的
鍋庄復活了
到處听見男子的叫喊
中國男子的叫喊
——會操這些一個個澁
——會在親着
——一英才三

坟场

> 战场的坟场
> 比奴隶的口气
> 还要明亮
> ——田间

十二月
我从平泉回来
打坟场的边坡走过

这是一座崭新的坟塞呀
荒草已经枯死了
那涮湿的黄土堆里
斜斜的插着
两块白桦木的牌子
那上面刻有
我们年轻的战士死的名字啊

《坟场》手迹一

亲爱的兄弟们啦
还是前天
我曾经看见过你
在微笑的月光下
荷着枪枝
趟着宽阔坦坦的平原的哨道
回来的
带着眼、戴满了露水的毛睫……

而今天
这冰冻的黄土岗
却已经默默地
把你深深的埋葬……

亲爱的兄弟啊

你们并没有死亡
你们的坦肉
是作了祖国的最美
你们将很快看见到
一九四二年的第一颗从太平洋的自由的
海波浪里昇起来的红太阳

一九四一、十二月廿七日
夜写。

《坟场》手迹二

《月光曲》手迹

作者笔记本中两次出现这首诗，一次名为《夜曲》，一次名为《月光曲》。

你听着
枪炮在唱歌
一支大行山上老英雄的胀着歌啊

月亮亮亮
照在天上
我们坚定地扛枪
向边界挺地向前冲

「胖兄同志
搭花灰边
我们以自己的枪炮
刺退了敌人的胸膛

小鞋啊
你听着
枪炮在唱歌
一支把海撒地吴敌人的歌啊

4
胖啊
你常听
歌啊
小猪啊吃

我们的红色的军队
在挥舞河上突过人
敌哥听，汛快的洪水汹涌的河水
枪炮呵 胜利的内声迎着的支支年

默默的鸣响咽下泪
流出推荐听的退海儿
泪定呵，洗净了黄色的泥桩
迎光呵，蒸沉了中亿的大地

丹光呵
小方笑
名亡呵
你笑

用ss之身
去作胸脏
无数的老英气的们

《拒马河民谣》手迹

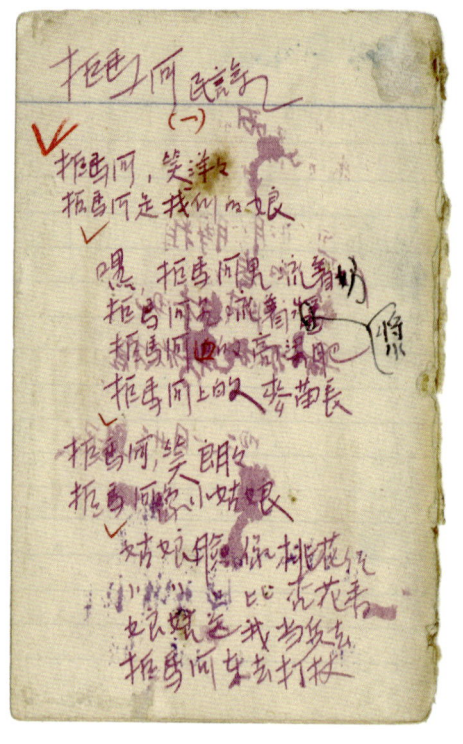

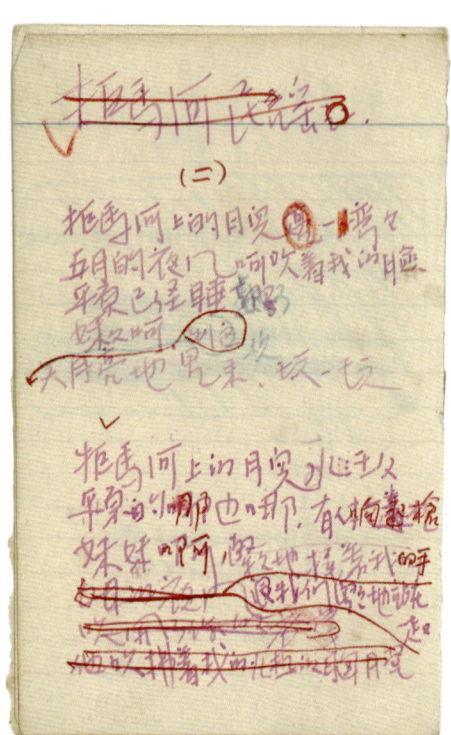

枪要出击了

一

六月的夜
我们要出击了

把绑带打紧
把军帽戴正
从黑黑的烟熏的泥墙上
我取下了我的枪

要出击了
呵,我的枪

二

枪呀
我的好兄弟
我紧紧地
把你握在手里

你知道吗
我的粗糙的手掌上
开满了茧花
我是一个北中国的
农民的儿子呀

幼年的时候
我是一个羊头子
我的手
是大棍子的朋友
长大了
我是一个老老实实的庄稼人
我的手呵
又是犁和锄的亲属

用大棍子
我追打那袭击羊群的狼
用犁和锄
我把土地和庄稼喂养
可是
我从来没有拿过枪
我发誓
过去，我并不爱你
因为你拿在敌人的手里
谁想得到呢
今天呵
咱们俩
却结成了亲密的兄弟

兄弟呵

为了我们的美丽的国土
为了敌人给我们的血海深仇
我丢下了大棍子
也丢下了犁和锄
黑夜
我把你抱在怀里
白天
我和你迎着风沙战斗
几年了
咱们俩
从来没有分手

我的兄弟呵
我们的爱情
是缠绵而深厚的……

三

要出击了
呵,我的枪

在这月黑风吼的晚间
我的枪呵
我把你
背在我的肩上

兄弟呀

今夜晚

你要勇敢地歌唱

为了我们的美丽的国土

为了敌人给我们的血海深仇

你呵

要好好地

好好地向敌人发射

你呵

要好好地

好好地把晋察冀的红头子弹

射进敌人的营房

你要去

开起一朵朵红红的血花儿

在敌人的身上

一朵血花呀

是一笔血账……

★ 1942年12月10日，于白草山

麦草上的梦

一

麦草
是温暖的

麦草
散发着浓郁的气息
土地的气息
妈妈的乳香般的气息呵

我们
这一班
把枪架好
躺在麦草上
像孩子
躺在温暖的母亲的怀抱里
忘记了一天的疲劳
忘记了冀中的灰黄的路
忘记了生硬的还没有煮熟的小米
紧紧地闭起了眼
睡……

二

麦草上

我有梦了
光明和含笑的梦呵

一切都是光明的
一切都在笑啊

太阳,在笑
月亮,在笑
星星,在笑
土地,在笑

那个脸孔红红的
老是含着微笑的
教我们唱
——老乡们
　　老乡们
　　　打仗最好子弟兵……
十八岁的女同志
也在大声地笑呵

人们,在笑
房屋,在笑
锅台,在笑
孩子,在笑

太阳笑得滴下眼泪
月亮笑得歪了脸子
星星笑得跳在一起
人们笑得抱着肚皮

是谁
在说话了
——当心呵
　　不要笑得
　　从地球的边缘
　　跌到火星上去了

三

麦草
是温暖的
我醒来
拭着眼睛
从地上站起

小红鼻子啊
虽然
雪花已把你的雕花的马鞍冻结
而你
还那么兴奋地

打着喷嚏
踢着铁蹄

呵，我知道了
你是因为
听见了
明天黄昏
我们的县委
那脸色紫红
长着冬瓜似的脑袋的中年人
在灰暗的灯光下
含笑地对我说
——东方红①呵
　　带着那廿多个兄弟
　　到平原里去……

呵，我知道了
是你因为
在渴望着
久别了的田园
那流着人民的苦泪的田园呀
那曾以紫葡萄似的乳浆
喂养过你的田园呀
我和我的诗的田园呀
那你曾经昂着头

① 作者陈辉的一个别名。

乘着东风

闪起火星

飞一样急驰过的田园呵

——东方红呵

　　带着那廿多个兄弟

　　到平原里去……

听见了吗

我的诗呀

你原是

中国农村的

那黑手黑脚

胸口堆着黑毛的铁匠手里的刀子

你要去守卫我们的田园

为了田园的苏醒呵

你要

银光闪闪的

勇敢地刺过去

让那撞进了我们田园的

淫荡地"哈哈"大笑着的

穿着短套铁刺靴子的敌人

跌倒在我们的土地上

★ 1942年11月30日，参加武工队的前夜写

夜，我们躺在大山岭上

一

没有星星
没有月光
没有被单
没有草房
夜，我们休歇在大山岭上

真的
我们太疲劳了
我们
停了脚步
枕着石块
闭上眼睛
抱着钢枪
我们呵
在大山岭上躺下……

二

大山岭呵
你不就像
我们的家吗

你的山峰呀
是我们的墙

你的青色的大石板呀
是我们的土炕
七月的天空呵
像我们的青色的纱帐
…………

大山岭呀
真像
我们的母亲一样
你的微风呵
是妈妈的抚爱的手掌
你的沙砾呀
是妈妈的温暖的胸膛

大山岭
我们的妈妈呀
呵，伸出你的手
轻轻地摇吧
让你的儿子
太行山上的子弟兵呵
好好地躺在
你的身上……

三

夜

同志们
鼾声呼呼的
躺在大山岭上

我们的鼾声
很香甜
很香……

★ 1942年12月10日，于白草山之黄昏

母亲

母亲
在这深黑的夜里
狼在远处成群地叫着
有人吆喝着:"打狼呵,打狼呵……"
在这可怕的墨一样的夜里
我亲切地呼唤着你的名字

呵,我有了梦了
我仿佛回到了我的儿时
也是这样一个深黑的夜呀
我们的家
那南方的旷野上孤零零的三间破瓦房子
八岁的我,打着一盏罩子灯
到房外喂"猪饲"去
突然,在我的面前出现了
一只摇着尾巴
眼睛吐着绿色光的狼或者狐狸
我恐怖地叫了起来
灯,叮当地从我手里滚了下去
这时候,你从房里出来了
匆忙地把我抱回家去
紧紧地吻着我的脸子

母亲
如今呵

我一个人,静静地
躺在这北方的受难的乡村里
在这样漆黑的深夜
你也许不知道
远在天涯的我在深深地想起了你吧
不,也许你老人家
也在这同样的黑夜里,摇着白发
惦念起远方的炮火里的儿子

母亲,
旧社会不就是一只狼吗
而你就是一个在狼的迫害下
　　　受了伤的女人呀
你的童年
比我的童年还要悲惨
比我的童年还要阴暗
(我是两岁就没有了父亲的儿子)
你呵
生下来就没有了妈妈
父亲是一个酒徒
当他从财主家里把活做完
就照例要走到一家窄小的酒店里去
在一张油污的黑色桌子边坐下
一直喝到酣醉醺醺的
才东倒西歪地跌回了家

你是一个没有人抚养的孩子呀

你是外祖母养大的
只有外祖母可怜你
把你抱到她的家去
老年的外祖母嚼碎了饭粒
一口一口地喂到你嘴里去
（你没有吃过一口乳呵）
而当你还未长大的时候
外祖母又不幸地死了
她死的时候，只有你趴在她的旁边
她冰冷地挺在床上
张开一双在世界上劳碌了一辈子的空虚的
　　粗糙的手掌

从此，你像一块破布片
你父亲把你送给人家当养女
年复一年，在苦难的草堆里
你长大了，到了十三岁
养你的父亲是一个流氓
流氓把你卖给一个拐子
拐子又哄你到常德
卖给一家财主当仆役

你的生活里没有爱情

你的童年不是一块黄金
只是一只腐烂的臭鸡蛋
从这里扔到那里
从那里扔到这里
从房上扔到地上
从地下又扔到门边……

母亲
你是相信"神"的
然而神却给了你过多的不幸
给你以流浪，鞭打
挨饿，受寒
当你到我的父亲家里不久
天啊
你又成了一个泪流满面的孤寡的妇人

你患了过重的肺痨病
我还清楚地记得
在一个夏天的傍晚
你从乡下到城里来找我
到我的学校给我送"学钱"
在灰黄的灯光下
我看见了你的脸
那样苍白、难看
你咳嗽着，吐出了浓重的带着血丝的痰

母亲呵
这是为你所不知道的
就在那一天夜里
你的十五岁的儿子为你整整地哭了一晚

你也是一个旧社会的反抗者呵
你也曾到一个女子职业学校里去念书
你也曾和一切亲戚断了来往
你把小脚放成了半大的脚
你让你的女儿，我的姐姐参加少年团
而当我姐姐从街上回来
告诉你，他们曾打坏了一只外国洋船
把一个外国洋人的脸打成了胖子
绑着我们家的"老四爷"游街戴高帽子
在太阳光下晒了一身的大汗
那时候呵，我看见了
你的脸上，刻满了痛苦的皱纹的脸上呀
浮起了无邪的孩子似的愉快的笑丝……

母亲
你用宽大的爱来热爱你的儿女
你可以自己挨饿
却一定要让我们三姐弟去念书
你把父亲的地卖了一半

你借了很多很多的利钱
你在深夜里还给人家补袜子
然而，你高兴，当你听到了你的儿女考得很好
你高兴，当你看到我们大声地读书
你忙着给我们做饭吃
为了不打断我们的脑子
你甚至不让我们到邻居买两个铜板的醋去……

然而，在一个五月的夜里
像突然跌到了水里去似的
你流了从未流过那样多的泪
你吐着一声比一声长的气
月亮照着你的脸
显得青黄的眼睛有些发白
你晕倒在打稻子的场上
当你听到了我的大姐失了踪的时刻
呵，你无助地望着灰色的天
像一个呆子，你傻了半年
也许是抗战前三年吧
我的大姐回来了
穿着一身破单衫
还抱着一个才五个月的孩子
你是多么高兴啊
你没有说一句话
喜滋滋地忙着到池塘去打鱼

高一脚低一脚地到村里买肉去
可是当你洗鱼的时候
一支鱼刺刺进了你的手指
你还是笑嘻嘻把鱼刺拔下来
给大姐煮好了一锅老米饭
你才呻吟着，倒在床上
在难言的痛楚里你咬着格格的牙齿
吃力地问她
——大妹子
　　你这几年到了哪里？

你病倒了
在床上躺了三个月
鱼刺烂掉了你的大手指
为了你的儿女
你在病苦里还是高兴的
你用没有伤的手抚摸着在你身边
　爬着的我姐姐的幼儿
你张着耳朵，微笑地听着
大姐叽叽咕咕悄悄地告诉你的
关于红中国的草原上的
爱与血的故事

呵，母亲哟
从你的泪里，汗里，血里

我长大了

呵，我长大了

妈妈

我也抛掉不少的泪花

挨了不少的刮刮的耳光

我的脸上也沾满了

　　不少的从人家的口里飞溅出来的吐沫

我也曾，几千次、几万次用裤带捆住

　　饿得咕咕叫唤的肚子

也是在我自己的汗里、泪里长大了呵

呵，我长大了，我长大了，我长大了

我成了一个旧社会里人们唾骂的叛逆

我被"老四爷"赶出了祖先的祠堂

因为在他大声斥责旁人的时候

幼小的我在旁边刺了他一嘴

我的脚从没有踏进过亲戚的门

我气愤地把伯母可怜我们的一吊钱

抛回到她的怀里

（虽然我们穷得没有饭吃）

我嘲笑我的叔伯哥哥

那一个从北平什么大学毕业了的大律师

那一位体面的博士

在我的心里

生长着不可抑制的反抗的意志

呵,我长大了,我长大了,我长大了

当抗战的神圣的火炬

在国土的一角高烧高笑了的时候

我要走了,我选择了我自己的路途

我要到笑得最好燃得最红的土地上去

呵,妈妈

你还不会忘记吧

我像一个犯了罪的人

党部①里的一个什么委员

把我请到一间漂亮的房子里

胖胖的脸翘着黑山羊胡子

同我说话,睁着针尖样刺人的鬼眼

你从家里点了一把香

连夜赶到长沙来,托这托那

把我领出来的时候

你的儿子真是气愤填满了胸膛

就在那天黑夜

那一个人世间最最黑暗的晚上

你流着泪

用衰老的手指颤颤地拭干了儿子年轻的脸

又颤声地给我讲

——孩子,你走吧

  不要想做一个有钱的人

① 指国民党县党部。

也不要变成流氓

我走了
从平原走进高山
从高山走到平原
光着黑红色的膀子
像一个木匠,或者打短工的
到处都能找着自己的兄弟、姊妹
到处同母亲们说话
饿了,父亲们叫我去喝粥
冷了,兄弟们借给我破袄穿
病了,母亲们跌跌撞撞地忙着
给我烧荆棘水喝
用黑被子盖着我的头让我出汗
不论在哪儿呵,都和自己家里一般

母亲呵
四年了
你的儿女一天比一天走得更远
大姐姐,在衡阳医院当医士
二姐姐,在第三战区
参加了一个什么战地服务团
我,从陕甘宁转战到晋察冀
又从晋察冀来到冀热察的前线
像一个勇敢的游击队员

母亲呵
当你想起了你的儿女的时候
哪怕是一个最可怕的寂寞的夜晚呵
你不应该寂寞呵
哪怕是你想起了你一生的不幸呵
你要笑
笑得很香很甜!

红高粱①

第一章　长在河边的红高粱

一

八月
天上烧着火红的太阳

从明亮亮的地平线那边
我回来了
一个人
把草帽摘下
让风轻快地吹着我的头
我走在八月的路上
八月的高粱已经红了
像一把血珠子
挂在高粱秆上
这时候我的心呵
说不出的高兴
像头顶上微笑的太阳一样

用手掌遮住太阳光
我睁大了我的迷糊的眼
像第一次看见这平原似的
我向东张张

① 一九四二年反"扫荡"期间，陈辉同志是当时平西地区房涞涿联合县青救会的负责人，在县东南地区坚持青年工作，出入于山里山外，不断地与敌伪斗争。当敌人在石亭建立据点时，他率领县青抗先配合主力袭击石亭。大规模的战争开始之后，陈辉同志一直和青抗先在当地坚持斗争。一次，他们在三龙泉被无耻的汉奸出卖，被敌人包围，战斗数小时，三区青救主任史文柬同志壮烈牺牲。陈辉同志率领青抗先继续与敌作战，终于安全撤出敌人的包围圈。这首长诗就是这次战斗的真实的记录。

又向西望望

丰满的平原呵
棒子，树一样的棒子
谷子有一人高
远远的
有几块白色的云
白色的烟片呀
升起来了
升到蓝色的天边
像几只白色的小船
航行过无边的青纱帐的海洋
白带子似的拒马河呵
哗哗地流过来
又折向了东方……

这时候
我的喉咙
真有些发痒
我要张开嗓子
高声地唱
可是，我一句也没有唱出来呀
天气真热
抹了抹头上的汗
疲困地躺在地边

深深呼吸着土地的芳香……

二

当我醒来
天气已经到了上午歪

远远的
有一群年轻人
唱了过来
他们唱
——呵，拒马河呵响当当
　　拒马河是我们的娘
　　我们是拒马河的儿子
　　像长在河边的红高粱……
当我还没有坐起来的时候
他们已经到了我的身边

——嘿，老陈一块儿走吧
——你躺在地上
　　不怕把衣裳躺脏
从他们的笑声里
我跳了起来
拍了拍身上的灰

我们走了
珍子拉着我的手
金大眼搭着我的肩膀
我们走了
走在八月的红高粱铺满了的平原上

三

啊
我们来迟了
当我们来时
年轻人都集合了
他们集合在北龙泉的村边

在八月的禾场里
他们坐下
他们背着火枪
腰里别着手榴弹
没有声音
一百只眼
一千只眼
都看着史文东

我坐在一块石头上
石头很烫

史文东

他的眼睛闪着灰蓝色的活泼莹莹的光

我听着他

他在静静地讲……

四

太阳落了

当她落时

村里冒起了轻烟

老乡扛着锄头

在地里呼唤……

当她落时

年轻人像一群小鸟似的

回到村里

这时候

我紧紧地拉着史文东

我的眼睛

紧紧地望着他

他的眼睛

紧紧地望着我

我要说
——兄弟,你瘦了呵
他要说
——老兄,你好么
然而我们都没有说一句话

珍子过来
冷不防把他的手榴弹抢走了
他笑了
像小孩子似的追了过去
在他的背后
我也笑啦

五

史连科
他的大眼更红了
把一支撅枪别好
他吹起了哨子
哨子呜呜的
呜呜的在村子里跑

——同志们,集合
——同志们,快着

月光安静地躺在禾场上
我们把安静的月光摇碎了
大家集合在操场上
有人背错了别人的枪
在低低地吵闹……

没有喊口令
我们
一致地在月夜里前进
没有声音
只有村公所里那盏破洋油灯
像一只眼
送我们走进了史家那片大松林

好得很呵
拒马河又在我们的面前了
我刚脱了布鞋
珍子就把我推进了拒马河
好得很呵
很多日子了
我没有洗过脚

好得很呵
很多日子
我没有看见河东的这一块土地了

当我们刚爬到河岸上的时候
走来了两个年轻的黑影
王大雷和王则生
他们用低低的笑
来迎接我们……

——通!
——通!
不是炮响
不是谁把地雷踏响
是青抗先的手榴弹
爆炸了
爆炸在塔照村旁

——哔剥哔剥……
——哔剥哔剥……
火
燃着了
燃着了
王大雷急喘喘地跑回来报告
他兴奋地说
——你们看,我呵,已经点燃了塔照村大桥……

六

我们回来的时候

天快亮啰

拒马河笑嘻嘻地吻着孩子们的脚
年轻人在河里洗手洗脸
一面笑，一面跳
王大雷
拉着我的手讲
——我他妈要多打手榴弹
　　打一个
　　　心里的气就消一点
望着这个十五岁的孩子的紫黑色的脸
我不知要说些什么才好……

七

模模糊糊的
金大眼醒了
他刚才真做了一个好梦
梦里他到了涞水城
城门口站着一个八路军
城里的老百姓
都来拉他的手
有一个小胡子对他说
——这几年，你们真受治了
梦醒来，他张开紫黑色的脸笑了笑

在炕上

他翻了一个身

他的笨重的身体几乎挤醒了旁人

真累得慌呵

他还想睡一觉

可是当他还没有合上眼的时候

就有人说话了

——嘿,你们还不忙着回去

　　咱们村里的青年都光了

　　明天,史文東会把你们送到五分区去

　　…………

金大眼揉着通红的眼珠子

在炕上坐起

一个老头子站在炕边

马秀坐在炕上

有些迟迟疑疑……

——他妈的,你这老汉奸

　　谁叫你来这里捣乱

他粗暴地跳下炕来

吩咐马秀把这老头子看起

他挎上了手榴弹袋
气愤地走出门外
八月的风吹着他的脸
集合的哨音又吹了过来……

八

——他妈的，准是汉奸造谣
——王八蛋养的……
人们不安地吵闹着
你望望我
我望望你
北龙泉的都不见了

史文東走了过来
矮矮的身体
在人群前站立
他的灰蓝色的眼睛闪着深沉的光芒
朝人群望了一望
低低地讲
——有人破坏我们
　　造了谣言
　　如果你们相信谣言的话
　　咱们就马上解散
他又向人们看了一眼

大家都沉默着

没有人发言

金大眼瞪着他的眼睛

粗暴地站起来说话

——我日他妈

　　谁相信汉奸放屁

　　我来的当儿

　　家里没有一点柴烧

　　老婆子追到村边

　　把我追跌了一交

　　我还是不愿回去

当他把话说完

人们都笑了

一致地把火枪举起

珍子举了两个手榴弹

向着傍晚的太阳

青年人都大声地喊

——我们不愿回去

还要干他两天

九

——我要不考第一

我不算人养的

金大眼

翻起红眼珠

把土枪挎起

要比赛打靶去

嗨，他在土地上

活了一十九岁

生下来就是愣儿呱唧的

可是一十九年来

他从没有今儿美

他的家乡和生活

也从没有这么可爱

他是抗先队长

马秀是村里的宣传

队长开始向马秀宣传动员

——嘿，你也报个名

　　比赛比赛……

马秀摇着长脑袋

——哈，我比他干毬

　　一杆火枪

　　打好又怎样

金大眼不说话了

他心里想

——他是一个知识分子
　　我说他不来……

但是当他想起
如果敌人来进攻
趴在红高粱地里
等鬼子一露脑袋
揍他一火枪
嘿，也不赖
于是，他那大眼
又闪出希望的光辉来……

珍子笑着跑进来了
他又抢了人家的手榴弹啦
——珍子，你又搞的谁的
金大眼问他
珍子笑嘻嘻的
把一个新手榴弹藏在怀里
他说
——手榴弹
　　我最爱这玩意
马秀扁了扁嘴
趴在南窗口
望着村外的地
红高粱窸窸窣窣地摇着手

他也许
想起了他的家呢!

十

——哈，打乌龟
——不，打史文东
——谁说，那是打老陈呢

一个大的黑色的乌龟
趴在纸上
廿个抗先队员
排好了队
看谁打中了乌龟
第一个放枪的
是龙安的一个老青年
廿三岁了
嘴巴挂满黑胡子
老青年
也不示弱呢
第一枪打歪了一点点
只有击起的沙子
打在乌龟旁边

珍子笑着走过来

一边走一边说
——老头儿真不软
　　打中了乌龟边
老青年撇一撇嘴
——哈，你别吹
　　还不如老头子呢……

十一

——马秀
　　给你瞧瞧
　　你瞧这个，好不好

金大眼拿着一个英雄奖章
喜滋滋地递给马秀
马秀打着哈哈
金大眼瞪着红眼珠
——你乐什么呀
马秀摇着头
把奖章扔到一边
金大眼皱一皱眉头
骂了一句
——你妈，真难揍……

接着，他们不说话了

把背包捆好
今天大伙儿散了,往家走

十二

八月的晚间
月亮很圆

青年人都走了
有的朝东
有的朝南
我和史文柬向他们扬一扬手
招呼他们
——喂,回头见
程大嘴走到我们的身边
拉着我说
——到我们村去吧
上我们家吃饭……

我们也走了
八月的夜风
吹着我们
吹着史文柬的圆圆的脸
像吹跑了五天来的疲劳
他低低地唱

——拒马河呵，响当当

　　　　拒马河是我们的娘

　　　　我们是拒马河的儿子

　　　　我们像长在河边的红高粱……

第二章　拔掉那红膏药旗

一

　　——史文东

　　　　你要好好地干

　　　　别把身体

　　　　使坏了……

老头子

坐在炕前烧火

火，通红的

照红了老头子的脸

照红了老头子的黑色的布衫

也照红了老头的生满黑胡子的嘴

和他的一嘴的黑牙

他用黑牙

跟史文东说话

史文东

"格格"地笑啦

这时候

史文东呀

他不像一个工作人员

也不像站在群众面前

给人说话

他像一个小孩子

在天真地笑呀

老头子

没有望他

叽里咕噜地在说

——嘿

　　在外面

　　什么也吃不上

　　今天

　　我要请你们吃饸饹

多怪呵

那是前两个月

也是这样的一个晚上

我和史文东一块

第一次上他这儿来

要问问他

为什么不叫他儿子开会

程德安

那小个子的

青救会主任

把我们带到他门前

他在门外一站

把嘴一努

——你们进去吧

　　这是一个老顽固

　　嘿，老死杨木头

　　真难揍

我们走进了院子

院子很宽敞啊

院子里有几株枣树

枣花儿很香

我们低低地喊

叫老头子开门

有话跟他讲

喊了半天

没有人言语

史文東有些着急

他想走到窗户跟前去

他的脚步

惊醒了窗户跟前的鸡

鸡"喔喔喔"地叫起来
老头子骂开了

老头子骂
——日你姥姥
我们问他
——你骂谁呀
他用那锈铁的嗓子说
——我骂我的儿子
　　日你姥姥
　　你管不着

真顽固呵
老死杨木头
砍不开的杨木头

多怪呀
这阵子
我们坐在他家里
他
像咱们家里的老人似的
给我们忙着烧水
还要轧饸饹吃
这阵子呵
我的心里

像吃了红枣的嘴
真说不出的甜蜜

老头子
还在讲
他用那像戴了黑手套似的泥包的手
拿起了饸饹床
自言自语地讲
——宗明回来
　　买两块豆腐去
　　豆腐真不赖……

二

史连科来了
走到老头子门前
就张开大嘴喊
老头子把碗放下
他就进来啦

把撅枪一撂
往炕上一倒
他说
——四叔儿
　　今天

我上你这儿睡觉
老头子也会打趣呵
老头子笑了
——嗳
　　你跟侄媳妇去睡吧
　　两个人
　　睡暖和被褥……

史文东
张着灰蓝色的眼
"格格"地乐
史连科
半晌，才说
——别乐啦
　　你就成天光是乐
　　今天
　　有了敌情
　　涞水增加了二百人
　　要上石亭修据点
　　还要上娄村……

话还没说完
闯进来了一个程德安
把牙一龇
——管他增加不增加

今天黑夜
　　咱们要把少先编制一下
　　你们谁去参加呀

史文东
摇了摇手
——我们谁也不能参加
　　今天我们要开会
　　开党委会
　　你们自己办吧

程德安
就势坐下
望了望老头子
老头子掏出烟袋来
三寸长的烟袋
装上了烟
吩咐儿子
——宗明
　　给我个火
　　今天黑夜开会
　　你一定要去
　　好好的……

三

——起来
　　你们真他妈的死猪
天刚闪亮
史连科急喘喘地从外面进来
着急地推着我
又推史文柬
——还不起来
　　快快……
——怎么一回事呵
我迷糊地坐着
史文柬也起来了
又张开小嘴
"格格"地乐
史连科发了狠
——你们听……

呵，枪声响了
"哔儿叭"
爆豆儿似的
很好听的三八式
一阵子
机关枪又响了
机关枪响得更好

《为祖国而歌》手迹

《夏娃和亚当》手迹

《我的红色的小战马》手迹

你未以你的诗
坚定实地服务於人民

为了祖国的诞生
为了被轧人民的苦痛
行要
夺取的把枪把刀剑举起

鼓起掌的我们的国同胞
哈哈笑着浪放大笑着
穿着短衣奔来利成最后的
拍着肩膀挺身战鬥敌人
跌倒在我们的团围旁

1942.11.30. 尤渡

我们的脚步

灰色的夜里
我们的脚步
轻轻地
轻轻地
踩着泥泞
—— cha, cha, cha……

呵，你
站在这边
扶着灰黄色的又瘦似的老杆似的
大枝柯

你知道
我们是新的
我们是新的脚步

呵，你
卷云的撕叫着呜
摇着河流的流水啊

你知道
我们打从那里来
又打从那里去

黑夜冬夜
静寂的夜
平静得睡起
只有时候的发出叹声
叫着远远的什么

我们的脚步
—— cha, cha, cha的
踩在泥泞的泥巴

三月的风儿听
你听呵
在我们的耳边歌唱着

《我们的脚步》手迹一

你唱的什么歌呵
你且来摸一摸
我们散发热气的胸
我们的炙热的手
我们的急动的心
和我们温暖的枕筒吧

呵
三月的微风呵
走不走让你爱我恋我似的
走你看不见土地上春眷的眼
是你听不见你们欢迎我们愉快的笑语声
几走 这样来愉快吧
以及小溪
以及白杨林
他遵命
他没
他拿起又奏着的手风琴……

黑沉沉的土地
蓝色的海洋似的天
是口摇口欲颂
一与晴你色的天光
隆Σ的闪呐加重的天地

灰色的夜呵
我们的脚步
年军
我们来了
我们的脚步
轻轻地
轻轻地
踩过沈□呵
——cha, cha, cha——

□□
在黎明还行笑着的敌人呵
告诉你们
我们来了
毕竟我□ ……

1943. 4. 21. 前铺

《我们的脚步》手迹二

我的歌呵　　　　　　　我的生命被敌人撕碎
你呵　　　　　　　　　我的
要更顽强更勇敢的唱起　我的血肉呵
虽然　　　　　　　　　它将
我的歌呵　　　　　　　抱着芳香的花朵
是粗糙　　　　　　　　开在你的路上
　　　　　　　　　　　那花呵——
而且　　　　　　　　　红的是忠贞
没有光泽　　　　　　　黄的是纯洁
　　　　　　　　　　　白的是爱情
也许吧　　　　　　　　蓝的是勇敢
明天　　　　　　　　　紫的是坚强……
我的歌声停止　　　　　　　　1942.12.

　　　　　　一　将军

　　　　　　最壮烈的比战斗，
　　　　　　队伍必继续从敌人的尸首上前进……
　　　　　　　　　　　——方冰

啊，三月的　　　　　　　君羊战士
红杜鹃　　　　　　　　　在三月的清晨
像一些红霞　　　　　　　向自由的歌唱
开满了山岗
　　　　　　　　　　　　明红色的花瓣
呵，明亮的　　　　　　　在三月的微风里
　　　　　　　　　　　　轻轻的

《将军》手迹一

轻轻地敲了敲场

我们的烽旗
骑上了战马
马蹄
响在道上

孩子
伸出黑黑的小手
向将军
鼓着红红的小嘴巴
——有糖果吗

小军
放马上台阶
从美丽的军装的口袋里
去掏啊
我们警卫战士
金光奕奕的名师的记正章

「敬礼!」
孩子们
黑油油的眼睛
闪着光亮
笑嘻嘻地
向将军
举起了手掌

将军
挥动马鞭
马蹄
响在道上

浅浅的灰尘
一浪
一浪
我们的领袖毛主席啊
又亲切地见到了您的明亮的前方

兵士有个北斗
群众地有个救星
三月的风里
也吹过了
孩子们的歌唱..

《将军》手迹二

麦草上的梦
——献给生命诗章之一

一、

麦草
是温暖的

麦草
散发着泥有[？]气息
土地的气息
妇女乳房的气息

我们
~~把麦秸垛成土~~
~~垛木咪~~
这 [？] 刘[？]
把枪架好
躺在麦草上
像孩子
躺在温暖的母亲的怀抱里
忘记了一天的疲劳
忘记了口中的风尘炒麦
忘记了锅里还没有煮熟的小米
甜甜的闭了眼
睡……

《麦草上的梦》手迹一

史连科嚷

——慢着走吧

  好听个够

走出了老头子的院子

史文東

背起了他的红夹被

他说过那是他嫂嫂的

他嫂嫂死了

被日本人奸了一宿……

老头子

送到门口

最后

还伸出他那苍白的脑瓜

嘱咐道

——小心点儿呀……

四

八月的早晨

真明亮……

太阳像一个红盘子

很红很红的大红盘子

从黄色的地平线上升起来

把土地

把村子

把早晨的露珠

照得鲜红、透亮

八月的早风

吹过来

嗳

风呀

又送过来

一阵子

一阵子

泥土的香味……

枪声响得更紧了

（敌人

也许到了石亭村北口啦）

村里的老百姓

石亭的老百姓

东龙泉的老百姓

说不清哪里的老百姓

惶乱地

跑在平原里……

老人扛着被子

小伙子牵着毛驴

娘们抱着孩子

一串一串的
黑色的蚂蚁似的
四散地跑着……

八月的平原
开始惶乱了……

五

我们
站在高粱地里
望平原

跳动的平原
恐怖的平原
惶乱的平原
机关枪狂笑着的平原
孩子们哭嚷着的平原
老妈妈们叹着气
　　抛着泪花跌倒了又爬起来的平原……

在高粱地里
我似乎看见
　　多少多少年前
　　我们的祖先和自然相搏斗的日子

洪水来了
人们拼命地在跑呵
狂兽来了
人们拼命地跑呵
红眼睛绿眉毛的怪物来了
人们拼命地跑呵

用手掌
遮住太阳的光
睁大了我的迷糊的眼
向平原南望
那黄色的高大的海岛
浮在青纱帐的海洋之上的海岛呵
石亭山上
有一杆红膏药旗
在八月的晨风里飘扬

那面红膏药旗呵
像一个张大了的
侵略者的红色的血嘴
它要张着大血牙齿
吞掉平原
吞掉人民
吞掉土地
吞掉老娘们的破被

吞掉孩子的小手指

吞掉河边的红高粱

吞掉我们的竖着耳朵嘶嚷着的大叫驴……

——走吧

我们走了

史文东引着头

连科

把撅枪顶上了"子"

走在最后

我把手榴弹线抠在手里

走过了

八月的早晨露珠未干的高粱地……

六

——哈,史文东呵

  我两个

   找了你几天

我又看见了

王大雷

他那紫黑色的脸

不大的脸

铁一般的脸

土地一样结实的脸

在他的后面

还有一个矬个子

牵着一匹毛驴

——啊，王石头

　　你找我干啥

　　你的毛驴

　　脖子上为什么流血啦

史文东微笑地问他

那个叫王石头的矬个子

是一个小调皮

可是，现在却这样老实

规规矩矩地

张开了小嘴

——毛驴是日本子弹打的……

他说

——前天早上

　　日本进了俺村

　　才开枪

　　我要牵着毛驴跑

　　叫鬼子拦住不让

　　枪从毛驴背上打过去

　　打掉了一层皮

　　还不晓得怎么样

他一面说
一面摸着毛驴颈项
调皮第一
也进了步了
史文东,他闪着灰蓝色的眼珠
——好吗
  你要愿意跟着我们
  你把毛驴找个地方寄起
  也打一打呵
  打一打游击……
  你要碰上了石亭村里的青年
  叫他们上北庄集合
  连科等在那里

小石头
搭着王大雷的膀子
牵走了毛驴
这两个小孩子
像一对亲生的兄弟
你听
他们走着,还一边说呢
这个说
——他妈的白箍①真混蛋
  窜到人家家里
  光摸小媳妇的脸……

① 指伪军。

那个说

——狗日的

　　再要摸

　　剁了他们那爪子……

这个说

——昨天打得真不坏

　　大炮通通响

　　冲锋号一吹

　　八路军一股劲就冲上去了

　　打得日本哇哇地叫

那个说

——你看见电气枪么……

　　真吱儿呵

　　真真好呵

受了伤的小毛驴

在两个孩子中间

也伸长了脖子叫了起来

七

夜
平原的夜
黑得墨一样的夜呵
往天

夜一来
平原是明亮的
人民把罩子灯点起
孩子们也不吵闹了
闭了眼
躺在妈妈的怀里
老头子们
坐在街心的
那一堆石头上
石头冰凉
他们把烟管敲得很响呀
把烟管抽着之后
又咕噜咕噜地说开了闲话

而今天呵
该是
最黑的一个夜了呀
街上没有了人
村子惶乱而安静
在这个夜里
我们摸出北庄村

一出村头
一个闪电
劈脸地闪过来

在电的闪光里
一切都是亮的
那天空
急驰而来的狂暴的云
都亮了
接着
一个霹雳
轰然地把夜撕开了

霹雳
比山炮
比野炮
都响呵
我打了一个寒颤
似乎想起
十几年前
在我的家乡的夏天
雷一叫唤
我就吓得往妈的膀子里钻
我是一个怕雷的孩子呵

风
很潮湿的风
吹着我和史文东的脸
凉爽的风里

我们俩
搂着肩膀
急走在平坦的道上

——喀，喀，喀
一阵子
一阵子的
机关枪响了
敌人的机关枪
也要来凑热闹
在山头上
像咳嗽一样
在电火的闪击里
仿佛还挂着那面丑恶的红膏药旗
史文东
又张开了他的小嘴
笑着说
——敌人也害怕呵
　　今天
　　咱们把板城的抗先集合起来
　　到明天
　　咱们好摸据点去……

一个霹雳响了
我更紧地靠着他

在黑夜里

他望了我一下

——嘿，你害怕雷吗

　　好胆儿小呀

　　在世界上

　　我什么也不怕

——连机关枪也不怕吗

他摇了摇头

——从前呵

　　我最怕敌人

　　有一天

　　日本到了我家

　　我吓得打着哆嗦

　　藏进了柴火垛

　　柴火刺得肉痛

　　连小气儿也不敢吭

——我的嫂嫂

　　好嫂嫂呵

　　在那天

　　给敌人捉住了

　　我躲在柴火垛里

　　听见她拼命地叫

——敌人走了

我从柴火垛里爬出来
我的嫂子
就死了……
她躺在地上
婶母大哭大叫……

——我背着嫂嫂的被子
从家里出来
参加了民中念书
二年了
我想起嫂子
我的肚子里就像刀绞……

一个大霹雳又打过来了
随着雷声
落下来几颗稀疏的大雨
快走吧
雨来啦……

在这大雷雨的平原的夜里
我俩的年轻的心
在深深地激动着呵
我
仿佛看见他
眼角里有几颗泪珠

像雨点一样的晶莹的热情的泪水……

雨来了
于是
我们一面跑着
一面讲起了
南方人们常讲的
雷公菩萨打死人和牲畜的可怖的故事

八

——你们来得真好
　　我们都集合了
程德安
那个小个子
青救会主任
真高兴
虽然只离别了两天
好像离别了两年似的高兴呵

他使劲地捏着我的手
他说
——你们想不到吧
　　今天
　　我们抗先会员

都集合啦
他又使劲地捏了我一下

——嗳
　　别捏了吧
　　我的手指头
　　都给你捏断了
　　我的手
　　不是种地的耙
　　值得费那么大的劲儿呀
他把手一摔开
笑了起来……

转了一个转
到了村公所门前
隐隐地
隐隐地
青年们在唱歌
又唱起拒马河
史文东说
——距敌人才二里地
　　唱什么歌啰

程德安
那小个子

露出白牙齿

他摇头

——我们唱歌

　　敌人可管不着

说完了

他又乐

随着乐声

我们走进了村公所

——嘿，史文东

　　咱们欢迎你唱一个

当我们一进房子

嘿

人真多

还有老头子

还有小姑娘

尽"吱儿吱儿"地嚷

宗明爸

也在那儿

老头子

一把抓住史文东

他说

——日本人要修据点啦

　　你们说

该怎样办啦
　　　嘿
　　　没有受惊吧
　　　呵
　　　你的衣服为什么这么湿
　　　下雨还要来开会
老头子
高兴得很
满嘴的话
真说不清呀

史文东又笑了
他笑
他的灰蓝色的眼珠子
像一盏灯
在房子里照耀……

人们安静了

九

——说得很好哇
　　不错
　　咱们只有打
　　军队打

老百姓也打
　　就是那么着吧

当史文东说完了话
人们都嚷开啦
老头子
周宗明的爸
也成了演说家
他用那锈铁般的嗓子
在说话
孩子们也说话
青年人也在吵闹呀

你看
村长
他那长脑袋
冬瓜似的脑袋
他张开口
喷出了白沫
——我也是这样看
　　日本鬼子
　　准是存了心眼
　　破坏我们的秋收
　　不久就会
　　又扫荡一番

咱们要赶紧收管庄稼
　　年轻的
　　都参加打游击

你听他说
——我要不是年纪上了一把
　　我也参加一份啦
说得挺不赖哇

程德安
那小个子的村主任
真急啦
他站了起来
大声地嚷啰
——不要迟疑啦
　　大家快想好
　　谁愿意打游击去
　　谁就把手举起
他又补充了一句
——这回
　　完全要自愿的

话还没有说完
一十八只手都举起来了
他数了数数目

还想补充几句
滑廷桐
却瞪着眼
冲着他喊了

——别多数了
　谁要不干
　不想赶走这个据点
　谁就是他妈的大汉奸

史文東
又"格格"地乐了
在这小屋里
大家都乐哟

老头子
望了宗明一眼
他说
——宗明
　跟史文東去吧
　别想我……
他摸了摸胡子
走出门去了
在微雨的泥地里
老头子一个人笑

——嘿嘿
　　史文东
　　这小人儿真好呢……

我……我们又走了
廿个孩子
廿颗年青的心
走进了微雨的八月的夜里……

十

不是梦
谁说是梦呢

八月的夜空
很高很蓝
谷地里
秋虫
唧唧唧地叫唤

手
一百只
一千只
一万只
无数的手呵

红色的手呵
愤怒的手呵
举起来了
红高粱似的
高举在平原里

声音
一百个声音
一千个声音
一万个声音
无数的声音
老头子的声音
小姑娘的声音
年轻人的声音
尖锐的
高亢的
锈铁似的
愤怒的声音呵
仇恨的声音呵
都喊起来了
——不让那面红膏药旗
　　插在我们的平原里

在人们的手和声音里
那面红膏药旗倒了

抓在王大雷的手里
他说
他用那铁一样结实的小嘴说
——这旗子
　　送给史文东
　　作一个裤衩
　　真美……

我醒来
睁大了迷糊的眼
一个声音
痛苦的声音
呻吟的声音
在叫唤

——呵，史文东
　　好兄弟
　　刚从板城回来
　　你为什么不好好地睡
　　叫唤什么呢

在柜子上
他呻吟地说话
　——我的肚子
　　好痛呀

从门板上爬起来
我摸了摸他的肚子
呵,手都凉啦
肚子高啦
——怎么搞的呀
　　唉,准是雨淋坏了
　　准是疝气吧

——一定是疝气呵
　　我从小就有的
　　小时候
　　我一病了
　　我嫂子就走过来
　　给我挑……
他慢慢地说着
又呻吟开了

唉,这时候
哪儿去找你嫂嫂呵

——怎么一回事呵
王大雷
那孩子,是个机灵鬼
一有响动,就醒了
我摸着他的头

石头似的头
好结实的头呵
我说
——好兄弟
你去找那个看病的先生去……

王大雷
翘起他的小嘴
偷偷地
拿起了躺在炕上的连科的枪
他说
——看病先生要不来
我就给他一枪

王大雷
把门打开
把身子一闪
机灵地走了
风从门外吹过来
嗳
又是一阵子熟了的枣香呵

我静静地摸着
史文东的冰凉的手指
我说啰

——明天

　　　　你该休息休息呵

他呻吟着

咬着牙齿

——不要紧

　　扎一扎

　　就会好的啦……

——我怎能休息呢

　　敌人要安据点

　　安了石亭

　　安娄村

　　也许还要扫荡吧

　　我们要一休息

　　就造蛋啦……

　　这几天

　　你也瘦了呵……

是的

我也瘦了

伸手

从单衣里面

抓出了几个虱子

（就像抓住几个日本鬼子）

天知道是几个
也许是三个吧
手指头捻了一下
"咯叭"的一下就全死啦……

第三章　我们的夜

一

都来了
像早晨
队上
把哨子一吹
战士们都跳起来
脸上挂着
精力充沛的
　　春天的土地一样的笑

我们呵
不是战士
是老百姓
是子弟兵
我们是有着
黑紫色的脸
黑紫色的大脚大手的

不愿做亡国奴的青年人
撅枪
是我们的三八式
土炮
是我们的迫击炮
洋抬杠
是我们的重机关枪呵

都来了呵
金大眼
小珍子
王大雷
王石头
马秀

……
……

都来了
英雄式的
挺着胸口
扛着我们的
迫击炮
重机枪
手榴弹
三八式

一切都好啊
史文東
（我们的英雄头子）
也好了
脸消瘦一些
面色苍白而且很虚肿
灰蓝色的眼珠子里
又闪出了快乐的光辉
他在数数呵
——一个
　　两个
　　　……一百多呵

一百多
像一个连
一个青年连
只要史文東
把手一指
他们就都会
一致地趴下
把枪口对准敌人

在北龙泉
扎好了我们的阵地

二

——金大眼
　　你为什么
　　老是揉，老是揉
　　你的眼呢
　　你那大眼
　　还不很红吗

这个村队长呀
他用那厚嘴唇说话
——我们已经打过两仗了
　　别小看了
　　这挺重机关枪
　　它
　　打起来
　　比什么都响
　　白箍子
　　一听见它响
　　就要卷蛋……

马秀笑了一笑
这一回他不翘嘴了
他赞美
——金大眼
　　愣儿呱唧的

打起来
　　真考第一
宣传干事
替队长宣传
队长也宣传他的干事
他说
——马秀
　　也不软
　　打起来
　　老在前边
　　休息的时候
　　给咱们上课
　　上什么麻雀儿战

马秀
这高个子
长脑瓜
这小人儿
脸也红啦
他很高兴
挺了挺胸

他说
——史文柬
　　不该不管我们
　　也不下个通知

敌人来的那天
我们自己个儿
就打开了游击
嗳
这几天
没有一分钟歇息……

金大眼
这小伙子呵
别看他顶傻
也学会了
说秘密话啦
他把我拉到一边
嘴对着我的脸
——敌人一进攻
　组织就布置给我呵
　叫我们准备反扫荡
　我给马秀一商量
　咱们集了合
　一口气儿干了五晚上

——组织，什么组织呵
他把红眼一转
仿佛说
——你还不知道吗
这时候呀

八月的阳光

温暖地照在

我的头上

八月的天

蓝得像发亮的海洋

清清楚楚的呵

金大眼

坐在红高粱地旁

呵

你

这样一个

愣儿呱唧的

红眼睛的

一个字也不识的

土地一样的青年人

你是一个共产党员吗

我打趣他

——嗳

  共产党员

  要不怕子弹

  才沾①

他笑了一笑

把胸膛一挺

① 方言，即可、行的意思。

站起来
走开了

三

——集合
　　把东西都准备好
史连科的声音
史连科的铁哨子
又熟悉地响了

跑步呵
都是跑步
没有一个落后
都集合了
我们的
三八式
迫击炮
重机枪
都集合了

我望着
我们的炮
那两尊又粗又大的
两个人才能抬起的大铁炮

这炮口

朝向八月的天空

繁星的高蓝的天空

似乎在说

——敌人呵

　　不让你在我们的土地上做梦……

史文东的声音

像飞驰在夜空的枪子

（红色的照明弹似的呵）

在夜里，闪闪地发亮

——同志们

　　我们要出击

　　大出击

　　让敌人

　　不能安静地睡

——子弟兵的石亭连

　　明朗朗个白天

　　在石亭村里

　　吃了一顿烙饼

　　敌人

　　在山顶上

　　白瞪着眼睛

你们知道吗
　　敌人呵
　　并不可怕

这时候
他像一个勇士
他的话
像一匹桃花马
勇敢而急驰的
　　桃花马呵

年轻人的血
都沸腾啦

八月的星星
闪着调皮的小眼睛
望着我们
我们出发了

四

石亭
呵
可爱的石亭
麦子包围住了的石亭

受难的石亭
你
被侵略者的铁蹄
已经踩蹋了十来天了哟

在你的过去相当闷热的街口
已经不再有聊天的老人了
在你的东面,那小岛似的山上
站着的,不再是"亭山寺"了
在那上面
已经修好了敌人的炮楼
(那是朝着中国人打的炮呵)

人民逃了
红高粱倒了
笑声熄了
你已经破碎不堪了呵

而我们
这伙年轻人又来啦
你不认识吗
那提拎着撅枪的
不是史连科吗
那红着大眼的
不是金大眼吗

那灰蓝色的眼里
闪着光辉的
是史文东呀
还有珍子
还有，还有我和宗明

我们又来了
虽然
我们只有六个
但是
在我们的后面
还有着很多的英雄呵
他们都提枪而来
要来拭干你的泪和血哟

听吧
——轰
我们的迫击炮响了
一溜红火光
通红的火光
落到山上了

史文东
又"格格格"地小声地笑啦
他轻轻地告诉我

——听

　　日本人嚷啰

——咯，咯，咯

敌人的机关枪

开始咳嗽了

机关枪的子弹

像红色的痰

真难看

我们的炮，又响了

我们的枪也响了

都响了

在东方

在西方

在南方

在北方

我们的枪

高声地放

大笑着地放

夜

被我们的枪声

撕破了

这时候

我站在街边的地里
似乎又看见
那面红膏药旗
倒下去
拿在王大雷的手里
史文东
又笑啦
他说
——老陈
　　咱们上维持会里去吃一顿饭吧
　　…………

五

八月里
天气真热
史文东脱了上衣
露出了
他那虚胖的没有血色的身体
露出了
他那膨胀着的大白肚子
也露出了
他身上被虱子吮吸过的血的斑痕

（这个青年头儿

又是一个虱子头儿呵
他领导了很多青年
还领导着一身的虱子
在勇敢的战士的身上
连虱子也是勇敢的啊）

嘿
金大眼
他又嚷开了
一边嚷着走了进来
红眼睛
瞪得很大
一个老头子
有着灰色的胡子
三角形眼睛的老头子
也跟他进来啦

他说
——我带来了一个老汉奸
　　这老家伙
　　大反击的时候
　　破坏过我们
　　刚才见他又捣蛋
他宣传
——敌人要扫荡了

明天早晨
　　分十路进兵
　　张坊一路
　　王各庄岭一路
　　虎各庄岭一路
　　…………
　　他吓唬我们
——大扫荡来了
　　你们还不跑吗

老头子
很狡猾的老头子
三角眼的旁边
挤着很多的皱纹
阴毒的皱纹呵
他挤着三角眼
低哑地赔笑
——嘿嘿
　　我没有说
　　您很很好
　　…………

真叫人生气呵
我们的气还没有生出来
连科来了

额角上
滴下来几颗很大的汗水
手里拿着一张条子
他说
——区公所给你来的信

一点不假呵
扫荡要来了
八百个日本
到了墩台
墩台到北龙泉只有十五里

史文东
没有言语
连科
把老头子搀出去了
把拳头一举
粗鲁地骂
——老汉奸
　　你要捣乱
　　非揍死你
　　不沾

老头子
老顽固

老汉奸

很狡猾地笑着

回过头来

向我们看了一看

那三角形的黄眼睛

闪出针一样的光

出去了

史文东

冲着金大眼说了一句

——现时

　　你把三分队

　　带回去

　　回到西北区

　　今天黑夜

　　赶到上贝亭去……

又冲着连科

他问

——连科呀

　　这一二分队

　　怎样办呢

连科想了一想

他讲

——咱们只有上山

上北面的山
到王各庄岭去……

集合的哨音又叫了
很整齐地用跑步行进
我们的脚步
似乎在说
——敌人来扫荡好吧
　　我们等着你啦

八月的风
闷热的风呵
红高粱窸窸窣窣地在响
我们唱歌
唱着
——战斗来了
　　我们进军……

六

恐怖的夜呵
风
抚摸着
人们惶恐的眼
抚摸着

奔逃着的孩子、娘儿们的破被子
也抚摸着
嘶叫着睁着受难的大眼睛的毛驴

风
八月的夜风呵
在平原里
打着"唑,唑"的哨子
当它
抚摸到了站在山顶上的
子弟兵的闪亮的枪尖
它
轻轻地笑了

像子弟兵一样
山顶上
也趴满了我们的火枪
我们的迫击炮
也对准了
八月的蓝色的天空

在山后背
那大核桃树下
史文东
又铺开了他嫂嫂的

那床红夹被
——嗳
　　史文东
　　我和你睡在一起吧
　　宗明也来了
　　好兄弟呀
　　三个人搂着
　　更暖和呵

程德安
那小个子的
村青救会主任
躺在石头上
唱起歌来了
他唱
——八月的夜呵高粱高
　　八月的夜里想起妹子的腰
　　高粱地摸一把
　　直到如今没摸着……

那是史连科吧
他那粗大的嗓子喊啦
——别胡唱啦
　　在这个战斗的时候
　　唱它干啥……

歌声停下去了
史连科再补充一句
——等把日本赶走了
　　再摸你妹子去吧
哈，哈
大家都乐啦

史连科
没有乐
抽出了他的撅把子
像一个勇士
要到山头上
看站岗的哨兵去

七

太阳出来了
太阳挂起了半丈高
绿色的村庄呀
一望无际的红高粱地呀
发白的拒马河的沙滩呀
都被太阳染红了

美丽的平原啊
交织着战斗的血和火的平原呵

2.
麦草上
我有梦了
起朋和尔会笑成梦的呵

一切都是发明
一切都就笑

太阳，在笑
月亮，在笑
星，在笑
大地，在笑

那阴脸乱泉工匀坡
光是笑着微笑啦
教我们唱啦
「老妈妈们
老奶奶们
打拔最好了举气……
十八岁的判前名刀
也在大声的笑啊

人们在笑
房屋在笑
锅灶在笑
碗也欲笑

太阳笑得滴下眼泪
月亮笑得歪了脸子
星又笑得挤在一起
人们笑得抱着肚皮

是谁呀
在说话了

「当心啊
不要笑得
从地球的边缘
跌到儿星上去了」

三.
麦草
是温暖的

我醒来
扶着眼睛
从地上立了起

霍大班长
那山东大汉似的高个子
没有微笑
冷冷的说
「小八路的工鼻子」

《麦草上的梦》手迹二

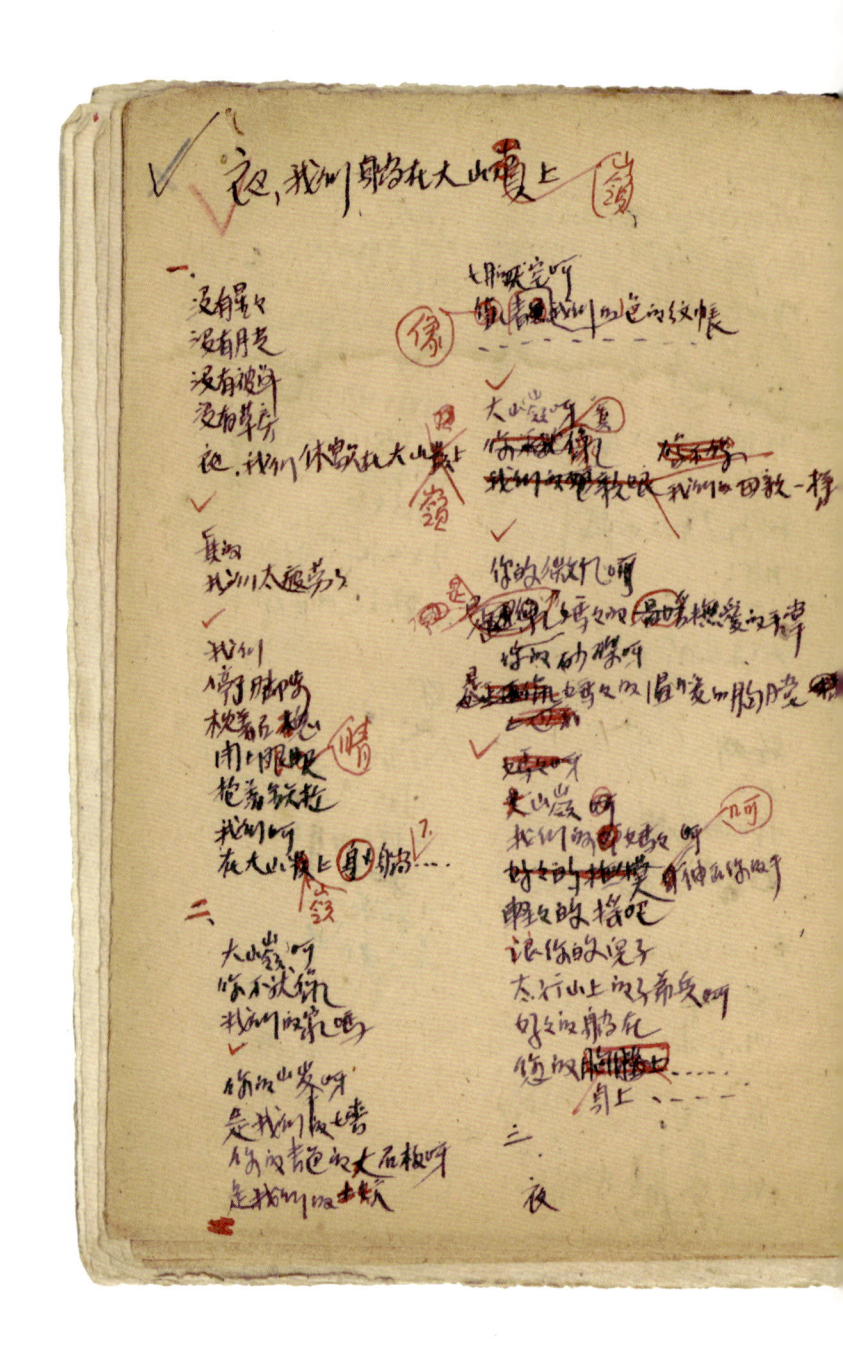

《夜，我们躺在大山岭上》手迹

同名们
峰前呼尼次
躲九大山岩上

是谁
把眠火的说话
　看
那愿起的年輕北支
沈涅月人北平浩荡的光芒

我
略闻多飞荡攻眼

我们的歌声啊
很響亮
很香 ———

一九四三、十二月、十日
於白岸山之荒野

《母亲》手迹

《红高粱》手迹一

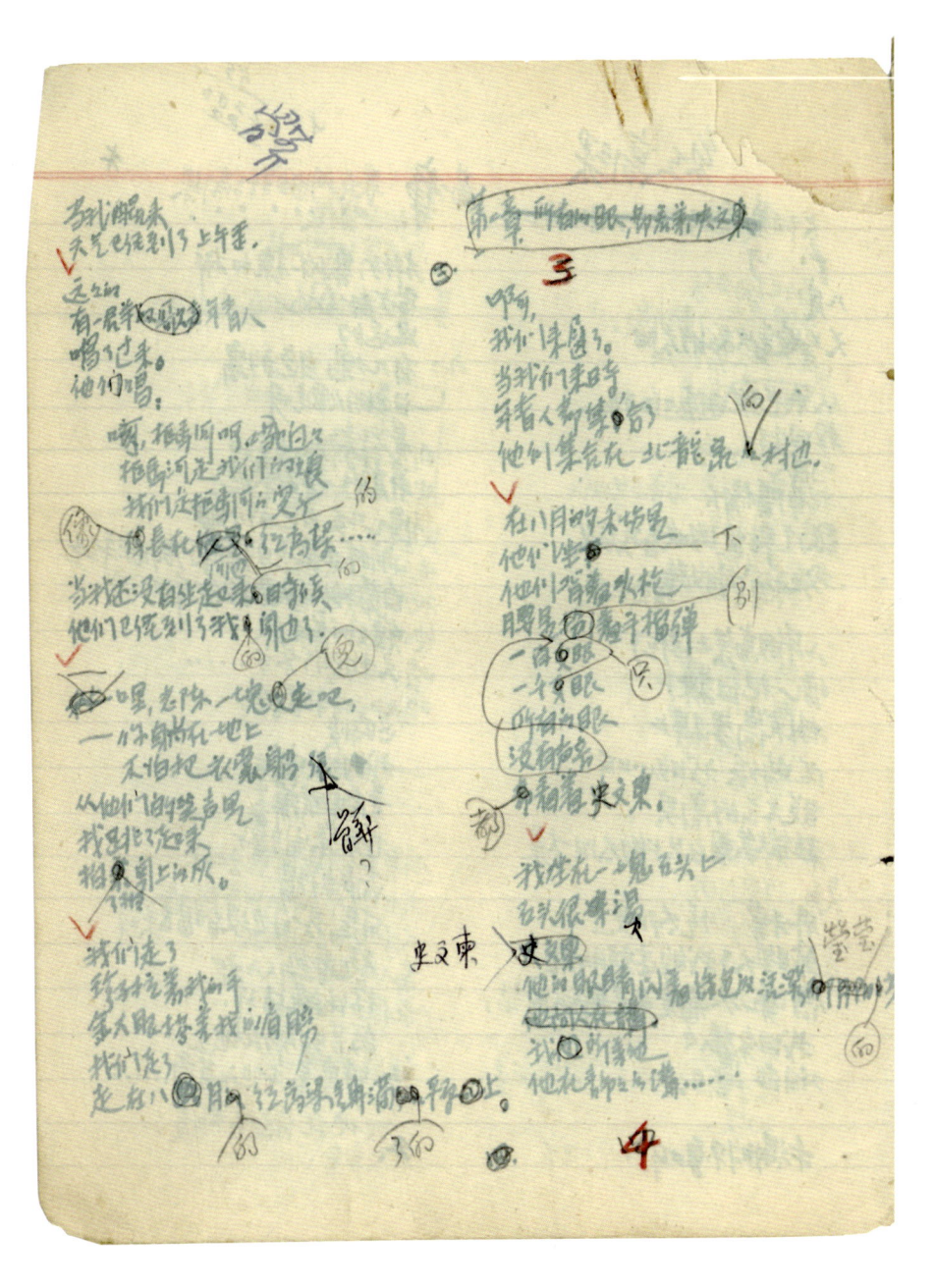

《红高粱》手迹二

《红高粱后记》手迹

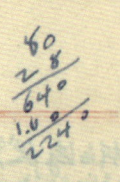

在红的土地上
受难的人群
又开始了
哭泣
奔逃
喊叫……

远远的
枪高兴地响着
在东面
在西面
也许在孙膑山
在虎各庄岭吧
我们的枪
敌人的枪
开始了大合唱
很好听的合唱

——趴好
连科的声音响了
王各庄岭
像奶娘一样
我们紧紧地趴在她身上
史文东

他那灰蓝色的眼珠子呵
像闪亮的天空一样
你听
他说啦
——同志们
　　注意呵
　　敌人来啦……

用手遮住太阳的光
我又睁开了迷糊的眼
朝下望
呵，冲上来了
一大群黑色鬃毛的马
掀起"嗒嗒"的铁蹄
冲上来了

手榴弹呢
喂，手榴弹
我高举着手臂
狠狠地扔出这颗手榴弹
把它扔到敌人的头上

王大雷
那孩子
铁一样的孩子

站起来
一颗颗手榴弹
从他的手里
抛出去了
一朵青烟
像一朵淡蓝色的火花
在山腰里
淡淡地开啦

史连科
把手一挥
——同志们
　　朝着三峰山
　　　撤退……

八

——我不能再走了
　　我饿
　　　我饿呵……
王石头
那小调皮
丢在队后面
他不想走了
用墨黑的手

拭着鼻涕

兄弟呵

你别嚷呀

谁不是一个样儿的

爬了五个山头

一天一夜

别说吃饭

水也喝不上呢

——我不能再走了

　　肚子饿呵

那小调皮

坐在石头上

瞪着

他那发白的眼珠

滑廷桐

这家伙

也来插嘴

——史文東

　　咱们不如解散

史连科

锁着眉头

也补上了一句

——史文栋
　　咱们是不是可以散伙

史文栋
脸气得发白
他咬着牙齿
——你破坏吗
　　你还是一个干部
　　你为什么不想一想
　　散了伙
　　大家伙儿
　　连方向都摸不清
　　准挨捉……

王大雷
那孩子
也张开了他那永远结实的小嘴
他说
——我们不能散伙
　　我们不能
　　让敌人捉去
　　喂他妈洋狗

滑廷桐不说话了
低了头

史连科也不言语
史文东
他又笑了
在这个受难的时候
他那浅蓝的眼珠
永远
永远闪着快乐的光辉
那光辉
照在人身上
就是勇气

他伸手
摘过了
王石头身上的火枪
他低低地说
——好兄弟
　　忍耐一些呵
　　今天夜里
　　我们就出击了……

一阵子
机关枪又响了
大概敌人
已到了对面山上
远远的

飞机来了

在山沟里

发出了吃人的笑声

好像一个吃人的怪物

在磨着他的血腥的牙齿……

呵

平原

可爱的平原

母亲一样的平原呵

我们又见面了

棒子已经成熟了

谷子低垂着穗子

红高粱

像血珠子

要一颗颗地滴下来

要是往天

天蓝得大海一样的发亮

再看看土地

镰刀呵

该已经"沙沙"地响

而现在呵

平原是寂寞的

风

叹着悠长的气……

——老陈
　　别坐在草上
　　露水
我笑了一笑
摸了摸破烂的裤子
坐到一块大石头上去了

王大雷
那孩子
他的脸
永远是铁一样的
紫褐的土地一样的结实
他笑我
——老陈
　　你还记得么
　　那个夜里
　　没有把你摔死

嗳
别说了
受难的昨夜呵
爬不完的大山呀
明晃晃的敌人的照明弹呀

长满了圪针的道路呀
从一块矗立的大岩石上
把我摔进了丛生着荆棘的山腰儿
在受难的岩石上
我流了不少的泪水……

这孩子呵
真多嘴
他又打趣王石头去了
他说
——王石头
　　没有把你饿死

王石头
那小调皮
也笑了起来
——要不是偷了几个梨吃
　　一定会饿死

史文东
你一点也不感到痛苦和疲劳吗
他的灰蓝色的眼珠更阴暗了
圆圆的脸，削瘦了
他推开了宗明
——嗳，让我躺一会儿吧

王大雷
那顽强的孩子
永不疲劳的孩子呵
他又和程德安聊起天来了
他说
——我也饿得很呀
　　又渴又饿
　　两条腿
　　好像不在我身上啦
　　可是
　　我不得不走呀

　　把眼睛一闭
　　我就想起了
　　俺村里那木匠的儿子
　　他说的话
　　捉住这家伙
　　不喂照村的
　　就喂石亭的洋狗

　　嘿
　　喂洋狗
　　真难受……

史连科起来了

他躺在大石头上
疲劳地立起来
他的声音就是命令
——不要讲话了
　　分两拨
　　进村……

十

那不是北龙泉吗
那不是我们的阵地吗
北龙泉
好伙伴
你看
我们又回来了

突然
我们站住了
史连科摆着手
他说
——爬进高粱地里去
　　村里很乱

王石头
那小调皮

抠着线儿
他要去探一探
这孩子
不再像挨追的时候
那么叫唤了

风
吹着高粱叶
窸窸窣窣的
风
也吹来了
村里的声音
尖锐的声音
恐怖的声音
惶乱的声音呵

王石头
转了回来
他比划着
——一个老娘们告诉他
　　有几个白箍
　　在绑票儿

——啥，几个白箍
　　不难消灭他

王大雷

又张开了他的嘴

铁一样的嘴

土地一样的嘴

勇敢的小嘴

在平原里

没有月亮

夜都是明亮的

红高粱

挺着胸膛

窸窸窣窣的笑声

和我们的轻轻的脚步

在一块

开始合唱

史文東

灰蓝色的眼珠

又闪了

闪出了勇敢的光芒

他说

——为了保卫北龙泉

　　我们要打一个漂亮仗

打吧

打吧

王大雷那孩子

带着第一批人

冲进村里去了

从他的手里

结实的小手里

像小时候

放羊似的

扔出了一块石头

不

现在是

扔的一朵花啦

一朵红的火花

明亮的火花

在这静静的夜里

轰然地开啦

扔出去了

都扔出去了

一朵

两朵

很多朵

把饥饿

把疲劳

把受难的昨天

都扔出去了
把北龙泉
打响

所有的声音
都没有了
只有我们的手榴弹
在村里高兴地笑
（也许那伙白箍子
早逃远了）

我们的夜呵
勇敢的夜呵
勇敢的孩子
都挺着胸脯

第四章　第一棵红高粱倒了

一

站在高粱地里
望平原

呵

八月的蓝天

黄黄的土地

黄黄的大谷粒

唧唧的虫子

小岛一样的石亭山

山顶上的炮楼

炮楼上的红膏药旗

发光的拒马河

河边的白色的岩石和沙滩

都映入了我的眼底

——趴下吧

　　敌人出来啦

程德安

那小个子的

村青救主任

向我们摇手

史文东

蓝眼睛珠子

有些阴暗

突然又明亮啦

他把手榴弹线拉开

把红被子

铺在高粱地里

笑着躺下了
我也躺下来了
王大雷也躺下来了
程德安
他背起了粪筐子
走了
摇摇晃晃的
像一个割柴火的孩子

史文柬
又"格格"地乐了
他侧着身子
告诉我
这块高粱
还是我们周村长的高粱呵
还是我帮他
一块儿耕的地
一块儿撒的种子
现在
撒种子的人
却趴在他种的地里
…………

我也乐了
接着我锁上了眉头

我又想起昨天的梦
梦里看见
那打着红太阳旗的敌人
吹着集合号
把农民们赶来
拿着明晃晃的镰刀
在镰刀"嚓嚓"的声响里
红高粱倒了

——哈，哈
王大雷那孩子
高声地笑啦
史文东
伸过手去
拍他一下
——你笑什么呵
　　躺在敌人据点跟前
　　你不知道……

王大雷
努起小嘴
他说
——我笑你两个
　　脸上净泥
　　白一块

黑一块

史文东
摸了摸脸
很脏的脸呀
他摸了一把黑汗
在红被子上擦了一把

——老陈
　　你知道吗
　　区公所那服务员
　　要注意他

他不是一见我们
就说么
　　——这时候
　　　你们还"摆活"手榴弹
　　　那没用的家伙
　　　作什么

他问我
　　——连科呢
我告诉他
　　——连科病了回家啦
他又问

——抗先呢

我说

——分成了小组了

他把嘴一噘

——嘿,嘿

　　七万多敌人

　　进攻咱们

　　不会一下把咱们扫光吗

　　七团调啦

　　你们赶紧找好地方去……

——哈,哈

　　日他妈

王大雷

那小孩子

又张开了小嘴

紫色的小嘴

在骂

——谁像他

　　王八蛋日的呀

真热呵

史文东

不说话儿了

他望着
红高粱

红高粱
挺着胸脯
似乎在说
——我不动摇
　　除非呵
　　除非我倒了

二

——嘿
　　你们在这里
突然
在高粱地里
钻进了一个人来

谁呀
王大雷
史文东
我们三个都站起来啦
我们问
——谁呵
——我

呵，周村长来了
这老汉
瘦了
更老了呵
额角上的皱纹
显得更多

我们望望他
他望望我们
他拉着我
又拉着史文东
半天，半天
他才说
——你们好么
——好
我点点头
史文东
像会到了老朋友似的
又"格格"地笑
轻轻地笑
热情地笑
——这个地方
　也要注意
　昨天
　滑三疯子

在河边
被日本追掉了他一个大袄
日本鬼子
拾那件破袄
他才跑掉……

周村长
掏出了烟管
咕噜咕噜地抽开了烟
他问
——你们知道
　　现在谁当伪维持会长
我问他
——谁
他说
——霍连今
　　你不知道吗

——谁不知道
　　霍连今
　　三区的大老财
史文柬补充了一句
周村长点点头
——他恨死咱了
他沉默着

忧郁地望着他的地
慢慢地讲
——咱们
　　走着荫凉地啦
　　他们给石亭
　　送了十九个点子
　　说八路军的干部
　　我是第一名……

　　我不能再傻了
　　我当了两年中国村长
　　现在
　　决不能上南边去投降
　　…………

这时候
道儿上
有很多的脚步
走过来了
也许是挖什么"防共沟"的
白箍儿们回来了

脚步更近了
高粱叶不安地窸窸窣窣地响
他们过来了

他们学着大姑娘的嗓子
淫猥地唱起

——一出门呀
　脸朝西
　出门碰见了当兵的
　两把盒子插在腰里
　嗳……
　我说大娘呀

　当兵的
　不说理
　一把拉进了高粱地
　…………
　高粱长得高
　奴家长得低
　嗳，我说大娘呀

他们
唱着淫秽的歌
从道边走过去了

周村长
厌烦地吐了一口痰
不高兴地骂

——王八蛋们养的……

三

呵,又来了
在北龙泉
扎好了我们的阵地

又来了
珍子来了
马秀来了
曲有也来了
金大眼
揉着他的红眼睛
也来了
三分队的都来了
我们的三分队
漂亮的三分队
呱呱叫的三分队呵

他们
冲着王大雷
——你们一二分队的呢
王大雷
翕动着结实的小嘴

——来了十来个啦
小珍子
跷起大拇指
他说
——咱们三分队
　　要考第一呀
　　咱们
　　抢了一匹洋马来啦
　　好大的洋马……

王大雷
睁着眼睛
——哈
　　别吹
马秀
噘着嘴
——谁诳你
　　是个王八
　　我们的马
　　说话就来啦

真的
说话就来了
马福林
笑吟吟的

骑在马上
背着土枪
像骑兵
背着三八式
在高粱地里前进
嗨，真美

金大眼
又揉他的红眼睛了
他笑
——老陈
　　你看我们行不行
　　珍子，马秀
　　福林，还有曲有
　　我们五个
　　在福山山顶
　　赶走了五个日本

他一边说
一边掏
掏出一个黄纸袋子
递给了史文柬
他说
——这是制油粉
　　一坨子

大家都分了
　　你俩尝尝
　　好不好

宣传干事
又替队长宣传了
——我们的队长
　　真呱呱
　　干起来
　　在头里
　　子弹都不怕
大家都高兴了
高兴地笑
赞美地笑

在笑声里
我望着他
他那胸膛
宽阔的胸膛
土地一样的胸膛呵
他那脸
黑紫色的脸
锅底一样的脸
中国农民的典型的脸呵
我望着他

我想起他的话
——我是一个党员
他是一个手大脚大
一个字也不认识
傻儿呱唧的
连枪子也不怕的共产党员呵
望着这个勇敢的平原的儿子
我也高声地大笑了

马
也伸长了脖子
高声地叫啦
呵，今天是九月一号
国际青年节
在国际青年节里
我们的俘虏
也歌唱我们的胜利

——把马牵回去吧
史文柬
告诉马福林
他说
——把马牵回西半区
　　找个地方寄起
　　这儿隔敌人才五里地

怎么好呢……

马

嘶叫着

掀起了四蹄……

在风里一闪

远了，远了……

一会儿就看不见

雨

黑色的雨点

粗暴的雨点

开始降落了

敲打着受难的平原

红高粱

垂了头

血珠子

像要滴下来

滴在田里……

四

呵，史文东

你的眼睛

为什么这么阴暗

在这九月的明亮的早晨

起来吧

敌人的枪响了

也许又该出发啦

史文东

望着我

轻轻地笑了

疲劳的笑呵

他说

——今天早上

  精神很不好

我搭着他的肩膀

拉着他的手

我说

——兄弟

  你该休息休息

  今天晌午

  咱们转移到西半区去

  我请你

  吃一顿饺子

他又轻轻地笑了

摇了摇头

无力地说

——不要紧呵
九月的风
又吹过来一阵土地的香味
嗳
这香味
真美

金大眼
来找我们
他揉着红眼睛
他说
——吃饭去吧
　　可能有敌情

　　那个老头子
　　破坏过我们的老头子
　　一大清早
　　就偷偷地走了
　　我看
　　挺不对劲

珍子过来了
他背好了棉大袄
着急地叫
——快点准备

敌人到东龙泉了

金大眼
掏出了手榴弹
他要到岗上去
他说
——我去看一看……

话没说完
王大雷
跑过来了
马秀
跑过来了
头上冒着汗水
都跑过来了
他们挥手
——快跑
　　敌人包围上了
　　分两路……

史文東
他喊
——同志们
　　冲出去
　　从西面

他的声音

勇敢的声音

铁一样的声音

被风吹得很远……

五

珍子,你好呵

马秀,你好呵

曲有,你好呵

兄弟们呵,你们好呵

九月的天空

你也笑得很好呵

我也笑了

对着珍子笑

对着马秀笑

对着兄弟们和九月的天空笑

我笑

我又活了

是梦吗

不是梦

那不是北龙泉吗

那是北龙泉吗

我们又回到北龙泉了
当我们
刚从街口跑出来
——站住
一个声音
很近的声音
在我背后响了

我能站着吗
不，我不能站着呀

是梦吗
不，那不是梦呀
枪
所有的三八式
和歪把子
都响了

雨点似的枪弹呵
大风暴似的枪弹呵
"嘶嘶"的
从低空飞过来
从我头上擦过
从我腿上擦过
从我手边擦过

跑呵

跑呵

我的眼睛迷糊了

我的鼻孔窒息了

我

像一个暴风雨里狂奔的人呵

那是梦吗

不,那不是梦呀

站在高粱地里

我光着脚丫子

把手榴弹线

死死地抠在手里

搭着金大眼的肩膀

我说

——好兄弟呵

　　咱们死在一起……

九月的风

吹着我的手

我的微痛的

被枪弹擦去了一层皮的手

吹着我的脚

我的被机关枪

打掉了鞋子

被石头，圪针扎破了的脚
我笑得很好
在我的笑声里
王大雷
又扔出去
一个手榴弹了
那手榴弹的声音
似乎在说
——集合呵
同志们……

六

九月的夜
升起了
半边月亮
九月的平原
阴暗而且凄凉

在凄凉的月光下
我们又来到北龙泉啦
呵，宗明的爸
你上这儿来干吗
那老头子
瞪起了眼睛

用哭泣的声音
告诉我
——你看看去吧
　　史文東
　　已经死了……
真的吗
像冬天，落进冰里一样
我打了一个冷颤
咬着颤颤的嘴唇皮
匆忙地跑进了人堆
我的眼里
不自主地滴落着一颗颗的痛苦的泪

真的呵
史文東呵
他
闭上了嘴
那可爱的
煽动着热情的火的嘴呵
灰蓝色的眼珠
死白的
瞪着土地
他静静地趴在高粱地里
那通红的高粱地里呵

兄弟

你为什么不再笑了

你的好同志来了

你该

睁开你那灰蓝色的眼睛

向他瞧一瞧呵

你的手

瘦弱的手

不能平静地放下呵

你不是说过吗

你还不应该休息

为什么就休息了呢

你不该倒下

还要站起来

因为在我们的平原里

还飘扬着那面血色的红膏药旗

还大张着侵略者的血色的大嘴呀

对着战死了的伙伴的躯体

可爱的兄弟的躯体

在一起经过了无数的苦难的战友的躯体

我

趴在他身边

开始了悲愤的哭泣

在我的哭泣里

人们开始一声声悠长地叹息

——不该死呵

——这样一个好的小人儿呵

宗明的爸

像死了自己的儿子似的

大声地号啕起来

用脚顿着地

他要顿穿这土地呵

这个头发花白的老头子

开始了他的演说词

——这是一个很勇敢的同志

　他不该朝北面跑呵

　当他跑进了这块高粱地

　敌人的机枪就打中了他的大腿

　他趴在地上

　回头扔了两个手榴弹

　举起了臂膀

　高声地喊

　　万岁，中国共产党

　　中华民族解放……

　他没有喊完

　敌人过来

　一连给了他三枪

我看得很清楚，
　　　　我趴在那北面山上……
老头子用颤动的音调
结束了他的演讲
他最后又补充几句
——唉，真可惜呵
　　这孩子才十九岁
　　我和他最好
　　每天见了人
　　说话笑吟吟的
　　从来不生气
　　领导一伙青年人
　　春天种地
　　夏天收麦子
　　他还帮了我一次
　　嗳
　　天啊
　　不该留下我这样的老头
　　在世界上活受罪……

　　七

九月的夜
我站在这里
我用手
拭着拭不干的眼泪

挤出了叹息的人群
金大眼
拉着我的臂膀
他说
——敌人又出来了
　　三百多个
　　还老呆在这儿干么……

对着这九月的月亮
我紧紧地闭上眼睛
我仿佛又梦见了
敌人来了
打着吃人的血旗
举起明亮亮的镰刀
在镰刀嚓嚓的声响里
第一棵
红高粱倒了
血珠子洒了一地

不是梦呵
史文东
我的兄弟
你的血洒在高粱地
高粱倒在你的身边
谁分得清

是血还是高粱呢

睁大了我的迷糊的眼睛
我又哈哈地笑了
我一个人静静地在想
兄弟呵!
在你的血染红了的土地上
到明年
还要生长起更多的高粱……

走吧
我搭着金大眼的肩膀
摇摇晃晃地
走在九月的夜的道上

远远的地方
似乎有人歌唱
——拒马河啊响当当
　　拒马河是我们的娘
　　为了保卫拒马河
　　哥哥明天去打仗……

后　记

　　两年多没有拿笔了。我的笔已经生了锈,很厚很厚的锈呵。

　　我还记得,一九四〇年,当我离开通讯社来到平西,正是五月。一转眼就是两年了。两年来,我是一个青年工作者。我忠实于我的职业,神圣的战斗的职业;在我的岗位上,也流下了我的血。

　　一九四二年,敌人的空前的"大扫荡"来了。在这次空前的残酷的反"扫荡"斗争里,我和我的战友们在一起,向敌人作了勇敢的射击。我看见我的兄弟姐妹们,我的民族,我的平原,遭遇了空前的苦难。我的伙伴中,那些懦弱者,无耻地向敌人作了屈膝的小犬。而我的最敬爱的战友,史文东同志却英勇地战死了。他战死了,在残酷的血的斗争里。

　　当他牺牲后,我又病了。一点不假,我在离敌人据点五里地的一个小村里养病。我有几次在梦里看见了他,他还是那样地笑,还是一样呵(那八月的天空,小虫子,平原的高粱……)走在他牺牲的土地上。我说,史文东又回来了。

　　他的战斗的精神是不死的。

　　很久了,我想把他写出来。民族的爱情和我对英雄的崇敬以及对投降者的愤怒燃烧着我。很久了,我想要写一部小说或者是诗。

　　现在,毕竟算完成了。

这一首二千多行的诗,就算是我给他的一个纪念品吧。我的笔真锈了呵,然而,我没有过高的野心,如果能够表现出这个十九岁的青年,为祖国战死的孩子的精神的万分之一的话,我就高兴了。

★ 1942年4月1日,第一次稿,于平西,房涞涿,平峪

附 录 一

我的志愿书 / 陈辉 _____ 279

我的志愿书

陈 辉

一、我和世界

世界是我的母亲。世界养育了我,我将以我的血液养育她。

二、我和人民

我是劳动人民的儿子。为着人民的利益,我将时刻准备为他们战死,把自己投到战火最响亮的地方去。

三、党

党,好比一架机器。而我就是它其中的零件之一。没有旁人,也没有单纯的自己的意志能够指挥我。

四、武 器

在极残酷的斗争里,我举起诗的枪刺。我要把我的生命,我的爱情,燃烧得发亮,一直变为灰烬。——永远为世界、人民、党而歌。

五、声　音

我的歌声是高亢的，钢铁般坚决而有力。因为我的世界是在战争里。

我的歌声是自由的，海燕般地在暴风雨里飞翔。任何形式都不能束缚它，也正如任何铁的闸门，关不住白天的来临一样。

我的歌声是勇敢的。像战士，在弹雨枪林里决不躲避，要大踏步地向战斗走去。

我的歌声——要充满火辣辣的热情，与活生生的现实。

六、行　为

1. 深入地到下层群众里去，和劳动人民在一起，他们笑，我笑，他们唱，我唱，他们跳，我跳……
2. 在任何威胁迫害前不低头！
3. 坚强的无产阶级意识，高度的组织观念。

七、敌　人

1. 对敌人丝毫不宽容。好像一个战士，把子弹打光了就把血灌在枪膛里；枪断了，用刺刀、手榴弹；手榴弹爆完了，用手，用牙齿！屈服是没有的。
2. 我不能叛变世界和人民，也不能叛变诗！
3. 敌人不能捉住我，当他捉住我的时刻，也正是我以生命最后交给土地的时刻。

八、爱

1. 我愿意牺牲女人的笑,也不牺牲诗。
2. 我的最高的爱,就是诗的事业,为土地为人民歌唱的事业。

九、诗

诗是我的生命,我的生命就是诗。

十、目 的

我要替世界、祖国、劳动人民和党,写一首最高的震动世界的"赞美词"。

附 录 二

引言 / 田间 _____ 285

编后记 / 人民文学出版社编辑部 _____ 291

引言[1]

田间

在这十月革命节的前夕,我想起了一位年轻的人。我正在阅读他的一本诗稿。这厚厚的一本诗册,封皮是用草绿色的土布装订的,由于几经岁月,和度过了枪火连天的日子,绿色的布,变成土黄。诗页上也染着战地的尘土。那泥土的气息,和作者的诗句,似乎难以区分了。作者在诗页上,曾经记下许多美丽的题目:"红高粱""平原手记""新的伊甸园记"等,但在封面上,并没有写下一个字。于是,我想在这绿色的布上,为作者补写几个字,把他的这本诗册,叫作"十月的歌"。

因为他是一位共产党员,因为他是十月革命的孩子。他在二十四岁的时候,为共产主义事业,流尽自己最后的一滴血。他含着笑容,倒在我们的身边。他的手上,拿的是枪、手榴弹和诗歌。他年轻的一生,完全投入了战斗。为人民、为祖国、为世界,写了一首崇高的赞美词。他的坟,距离北京并不远,就在北京的邻近地区(在抗日战争期间叫做"平西"的地区)。我在这里,仿佛听到拒马河的水声,伴着他的歌声,向我们流来。

当我读着他的诗,我似乎仍然看到

[1] 此引言为田间先生为人民文学出版社1958年版《十月的歌》所撰写的序言。

拒马河边（在这条河边，我自己也来来回回走过几次），有一位热情的青年，一手拿着枪，一手拿着诗篇，从那里走过。他似乎不曾倒下。这个年轻人，个子不高，身体有点瘦弱，但性格活泼、健壮，无忧无虑，爱说爱笑。这个青年人，就是陈辉同志。陈辉呵，我们的一位年轻兄弟，你是倒下了，你是唱着胜利的进行曲，抛掷了你的手榴弹，在一声巨响之中，倒在无产阶级的身边，倒在华北的原野。

按你短促的一生（二十四五个年头）来说，你胜利地完成了你的使命。陈辉呵，你的枪，你的歌，你的火炬，还在其他的同志的手上，我们一定要把新的伊甸园建设起来。这个伊甸园，将比天上的，将比一切神话中的，还要美丽万倍。明年春天，晋察冀的山谷里，就要开始修建一个巨大的水库。在你的身边，在你的坟场附近，流水将要穿过山野，流水也将要成为你的琴弦。你、劳森和任肖，你们这些英勇的牺牲者，革命的诗人，你们无愧于党，无愧于人民，你们始终守卫在伊甸园的门口。任肖，她是一位二十岁左右的女歌手，一位区级干部，在敌人的包围中，宁死不屈。她死了以后，群众聚集在河边，以民间的习俗，为她举行公祭，你们这几位，都是知识分子，由于党对你们的教养，中国文学和苏联文学对你们的影响，曾力求改造自己。不但在诗歌中，歌颂战士；你们自己也就是战士。在你们的生前，你们以为，我们的山谷，应该多种一些幸福的树，于是你们以自己的生命做了这些树。

我还大致记得，陈辉1920年生于湖南常德县，1938年到延安，1939年5月22日来到晋察冀敌后抗日根据地；1941年响应党的号召，下乡做群众工作，曾在平汉路和高、易支路的三角地带，一个对敌斗争极残酷的地区——涞涿平原工作，担任过青救会主任、区委书记，武工队政委等。被群众称为"文武双才"。他具有刚毅、果敢、不怕任何艰辛的作风。在林立的碉堡群中，领导反勒索、反抢粮、反抓丁的各种斗争。在敌人的合击和围剿中，他带领着一支武工队，进行抗击。

1944年的春天，他和一位游击队员，到达韩村，敌伪二十多人将陈辉包围在一间房子里，陈辉机警地举枪还击，打死一个敌人，打伤了几个敌人，在冲出门外的时候，被预伏的两个特务，环腰抱住。这时候，他拉断挎在身边的手榴弹弦，手榴弹轰然一声，吓退了敌人，但也就在这一次战斗中，他英勇牺牲。

年轻的兄弟，年轻的战士，年轻的诗，——陈辉呵，你虽然年轻，心灵是多么的坚强，语言是多么的健壮，肺腑是多么的清洁，思想是多么的正直。你已经走进一个广大的诗的境界，深入到生活的基层和要塞。如果你活到现在，有足够的机会和时间，提炼你的生活，琢磨你的语言，你会写出多少好的诗篇。你的这几十首诗篇，正是《新的伊甸园记》《妈妈河》《红高粱》《葡萄》《十月》和《莫斯科》，和你的血液融为一体。你的生命是诗，诗是你的生命。现在，正当我们庆祝伟大的十月革命四十周年的时候，我想到，在你安息的地方，一定是葡萄累累，红高粱也一定长得十分茁壮，克里姆林的钟声,也将传到你的坟场。

陈辉呵,为了读者便于了解你,为了你的诗集《十月的歌》,有你自己的一个注解,请让我摘录你自己的一段忠诚的自白吧:

——马克思列宁主义,它营救了我,也告诉我现在的世界是一个人吃人的血腥的世界;它也启示了我,只有以眼还眼以牙还牙,在这可咒诅的地方击退可咒诅的时代。1935年,我才十五岁,我就许身于社会主义的斗争。然而,我是很幼稚的啊。

谢谢旧社会的黑色的鞭子,在1938年把我赶出了我的故乡,推进了时代的熔炉——延安,我的斗争的国土。我坚定地走上了我自己的路,成为一个斗争者。我看见了一个全新的世界,这新的光明而圣洁的土地,鼓舞了我。我开始写诗,用那简短的小诗,抒写我自己的一腔热情,正如田间说:"陈辉是一个热情的孩子。"我开始了我的诗的道路。

五年来,我始终坚定地走着自己的路。回顾起来,我是很兴奋的,在这斗争的大风暴里也有我的歌唱!在斗争的路上,也打下我的印章:同志呵,你从这短短的七八十首诗里,你可看见在这斗争的路上,陈辉也洒下了他的血液和汗水啊!

我知道,我的诗,还有着很大的缺点。但那缺点,不要紧,我要用我的生命去克服它!正像打垮在我们面前的敌人一样!而胜利无论如何是属于和太阳站在一起的人的。

我的诗呵,我知道,五年来,我很对不起你,我没有给你很好的营养,不论是技术的,或者生活的。你还太年青,你没有建立自己的风格，你还缺乏对新的现实更好的自由的讴歌的能力，你还唱不出工农兵大众的感情，你还在摸索的道路上。但不要紧，我已确定了我的任务：更深入地手触生活、踏进斗争，把新的血的战争的现实写入诗里，我要给诗以火星一样的句子，大风暴一样的声音，炸弹炸裂的旋律，火辣辣的情感，粗壮的节拍，为了更好地为世界，为斗争着的世界而歌！

　　前进吧！鼓起勇气，唾弃一切困难与阻碍，耻笑一切敌人与讥笑者！

编后记[1]

这是一本很难得的诗集。作者陈辉（原名吴盛辉）是一个具有才华的青年诗人，到今年二月七日，他为祖国战死整整十四个年头了。

陈辉给我们遗留下一万多行诗。几个月来，在整理他的诗稿和其它遗作时，我们深深地被他的战斗的乐观主义和献身革命的热忱所激动和感染。他是一个值得我们永远纪念和学习的战士和诗人。这本选集，收入他的四十多首诗，共六千五百多行，大约占全部遗诗的一半。还有许多诗，作者生前就失落了，现在已很难找到，这是非常可惜的。

作者是一个生龙活虎、热情愉快的青年。这个可爱的形象，是他本人也是他的诗的形象。田间同志在"引言"中也讲到了这一点。陈辉从一九四〇年起到平西做青年工作，他是房、涞、涿地区的模范干部，和当地的广大人民在一起，成年出生入死地对敌伪进行极为酷烈的斗争。当时的晋察冀通讯曾表扬过他："陈辉是一个十分勇敢的战士，善于拿笔，也善于用枪，用手榴弹。"这是一点也不过奖的。

[1] 此文为人民文学出版社1958年版《十月的歌》编后记，由人民文学出版社编辑部撰写。

这里选的四十多首诗,只有少数几篇如《平原手记》《莫斯科》《夏娃和亚当》等在当时敌后的油印报刊上发表过,其余都是手稿。陈辉的诗,虽然发表的不多,但是他的每一首诗,都曾作为战斗的火器杀伤过敌人。有许多诗是街头诗,曾书写在敌后乡村的墙壁上;也有不少诗,曾作为传单,由作者亲手刻成蜡版并油印出来,散发到前线去。在作者诗稿的空隙中间,有如下一段记述:"这七首诗,是在八区写的,马上就油印了。第二天,在口底战斗的时候,我把它们散到唐县城外三里的乡村里。我要让它们像几粒火种,种到城里去。"读到这些豪迈的战斗语句,任何人都可以真切地想见当时那种战斗的情景。

陈辉的诗,也有它的成长的过程。作者最初两年(一九三八—一九三九年)写的诗,还比较稚嫩和粗浅,甚至还带着一些模仿的痕迹。这也是很自然的。那时作者只有十七八岁,对生活的理解不很深,艺术技巧的锻炼还不成熟,常常流于空泛的呐喊。他自己就不满这个时期的诗,譬如一九三九年七月到十月,他一共写了五十多首诗,可是当他编订诗稿时,却只选了寥寥几首,这就是现在这本选集里的"浅酱色的诗"。可见作者的创作态度是非常虚心和认真的。他不论在战斗里,还是在创作活动中,永远是勇往直前的。当他较长期地投入火热斗争,他的诗,也就随着政治上的逐步成长而成熟起来。战斗和写作,在他的身上得到了高度的统一。斗争最艰苦的那两三年(一九四〇—一九四三年),也正是他的诗跃进的时期。他的大部分好诗都是在这两年写的。

格调轻快、感情明丽的《平原小唱》《平原手记》以及丰富多彩的战斗画幅《红高粱》都写在这个时期。这些诗,都说明他已经有了自己的独特风格。一九四〇年五月,他曾在手稿上写下一段创作感受,其中有一句是:"'平原小唱'使我的风格大大改变了,我看出我的风格正在成长。"

从陈辉的身上,我们看到一个真理:一个作家或诗人,如果能全心全意地投入时代的火热斗争,并和群众密切结合在一起,那么,他的诗,他的才华,就能得到最大的发展。陈辉和他的诗,就是沿着这条正确的道路成长起来的。

可惜正当作者才华焕发,形成了自己优美风格的时候,就不幸以二十四岁的年华牺牲了。这是一个不可弥补的损失。

本书的分辑、辑名和编排次序,大致都依照作者的原意编定。在整理遗稿时,除校勘文字外,只对少数几篇作了一些删改。

陈辉的诗稿,能够较完整地保存到今天,是十分不容易的。这里应该感谢在战争的动荡的日子里,长期保存原稿的戈枫、叶丁乙、曼晴等同志。这次编选出版时,田间同志也花了不少劳力,并为这本诗集写了"引言",谨此一并致谢。

作家出版社编辑部[1]

1958 年 3 月

[1] 其时,"作家出版社"为人民文学出版社的副牌。